ENQUÊTES & SUSPENSE ®

Aux Éditio…

Dans la co…

ENQUÊT…

Firmin Le Bourhis
- La neige venait de l'Ouest *(é…*
- Les Disparues de Quimperl…
- La Belle Scaëroise
- Étape à Plouay
- Lanterne rouge à Châteauneuf-du-Faou
- Coup de tabac à Morlaix
- Échec et tag à Clohars-Carnoët
- Peinture brûlante à Pontivy
- En Rade à Brest

Michèle Corfdir
- Le Crabe
- Mortel Hiver sur le Trieux
- Chasse à corps à Bréhat
- Larmes de fond ou le retour du crabe
- Vent contraire à Loguivy-de-la-Mer
- Herbes amères à Belle-Isle-en-Terre

Françoise Le Mer
- Colin-maillard à Ouessant
- La Lame du Tarot
- Le faucheur du Menez-Hom
- L'oiseau noir de Plogonnec
- Blues Bigouden *à l'Île-Chevalier*
- Les santons de Granite rose
- Les Ombres de Morgat

Chaix d'Est-Ange
- La filière d'Arradon
- La petite dame de Locminé
- Ratissage dans le golfe
- L'Écluse de Malestroit
- Copie conforme à Larmor-Baden
- Les Truands de Saint-Goustan

Gisèle Guillo
- Dernier rendez-vous à Vannes
- Du Léman au Morbihan
- Tempête à Quiberon
- La Belle de Carnac
- Le Saigneur de Quimper

Solenn Colléter
- Lettres de sang sur la Côte Sauvage

Anne-Soizic Loirat
- Lorient l'interdite

Martine Le Pensec
- Onde de choc sur Fermanville

Philippe-Michel Dillies
- Meurtres à Monnaie
- Chasse à Tours
- Train d'enfer à Saint-Pierre-des-Corps

Jean-Pierre Bathany
- Camaret au Vitriol

Patrick Bent
- Erquy profite le crime
- Le macchabée du Val-André

Serge Le Gall
- La secte de l'Aven
- Sables mouvants à Bénodet
- La Douarneniste et le Commissaire
- Corps-mort à l'Île-de-Batz
- Traque noire à Audierne

Stéphane Jaffrézic
- Chili-Concarneau
- Ville bleue et beaux dégâts

Christophe Chaplais
- Pâté de Corbeau aux amandes amères
- Le calisson jusqu'à la lie
- Farz aux herbes de Portsall
- Addition salée au Croisic

Cédric Labb
- Les Démons du Midi
- Les Muses de Savoie

Jacques Caouder
- L'Occise des Landes
- L'Évadée de Brennilis
- Le Mort de Brest-Les Abers
- La Troménie noire
- Rumeurs mortelles à St-Renan

En Rade à BREST

Cet ouvrage de pure fiction n'a d'autre ambition que de distraire le lecteur. Les événements relatés ainsi que les propos, les sentiments et les comportements des divers protagonistes n'ont aucun lien, ni de près, ni de loin, avec la réalité, et ont été imaginés de toutes pièces pour les besoins de l'intrigue. Toute ressemblance avec des personnes ou des situations existant ou ayant existé serait pure coïncidence.

Firmin LE BOURHIS

En Rade à BREST

Collection
ENQUÊTES & SUSPENSE

Quadri Signe - Éditions Alain Bargain
125, Vieille Route de Rosporden - 29000 Quimper
E-mail : editions.alain.bargain@wanadoo.fr
Site Internet : perso.wanadoo.fr/editions.bargain

« *Les erreurs ont presque toujours*
Un caractère sacré.
N'essaye jamais de les corriger. »
Salvador Dali - 1904-1989.

BREST

« *Est-ce que désormais tu me détestes*
D'avoir pu un jour quitter Brest
La rade, le port, ce qu'il en reste
Le vent dans l'avenue Jean-Jaurès… »

Extrait de la chanson *Brest,* de Christophe Miossec.

REMERCIEMENTS

- À Pascal Vacher, officier de police judiciaire, pour son assistance technique.
- Aux officiers de police judiciaire de l'Hôtel de Police de la rue Colbert à Brest qui m'ont si aimablement reçu.
- Au personnel de l'Office de Tourisme de Brest pour son accueil et son aide et en particulier à Mireille Kervella, guide, pour tous les renseignements et les documents qu'elle m'a fournis.
- À Ronan pour le prêt d'un ouvrage déterminant…

I

Commissariat de Quimper. Lundi matin, début septembre.

Tout au long des premiers mois de cette année, notre mode économique libéral triomphant devenant de plus en plus âpre, le monde éprouvait un besoin de générosité, de solidarité, d'amour aussi. Chacun ressentait que la mondialisation ne devait plus être que fric, puissance et guerre. Un courant d'humanisme traversait les continents.

Le Tsunami déclencha un élan massif de dévouement et de charité, démontrant bien la capacité de l'homme à se dépasser durant les fêtes de fin d'année, sans se relâcher les mois suivants. La disparition du Pape, Jean Paul II, fédéra toutes les générations des pays chrétiens et au-delà.

Ces grands courants allaient-ils pousser les politiques à faire leur autocritique ? Rien ne semblait le prouver. Ceux-ci restaient en panne de propositions et d'alternatives pouvant susciter l'intérêt des populations.

Les prouesses technologiques de l'Airbus A 380

couvraient difficilement la déferlante du textile chinois en France et en Europe et les délocalisations à outrance dont peu de personnes mesuraient véritablement encore la portée des conséquences économiques pour l'emploi…

Le 21 avril 2002 avait marqué les esprits ou, au moins, aurions-nous pu penser, celui de nos hommes politiques. Ce fut peine perdue et un vote-sanction fut l'une des motivations du "non", lors des élections du 29 mai.

Une nouvelle fois, la France se réveilla en état de choc, perturbant à cette occasion le reste de l'Europe…

Dominique de Villepin fut nommé premier ministre par le chef de l'État, Sarko revenait en force au deuxième rang du gouvernement. Ce duo ferait-il bon ménage ? Rien n'était moins sûr, le prochain objectif électoral de 2007 devenant désormais l'unique point de mire de tous les chefs de parti.

Et l'électeur dans tout cela ? Était-il réellement entendu ?

À défaut, nul ne pourrait être surpris si, un jour, une troisième onde de choc venait créer un séisme lors d'une prochaine élection capitale avec, cette fois, des conséquences bien plus désastreuses… Dans la foulée, les Pays-Bas votaient non, également, créant de plus en plus le doute dans les autres pays de l'Union Européenne qui devaient se prononcer sur la ratification de la convention…

Tony Blair avait du pain sur la planche pour assurer la présidence européenne ! Il est des heures décisives où l'Histoire frappe à la porte des peuples et le vieux continent n'y échappait pas. Ce rendez-vous ne pouvait qu'inquiéter, mais le fuir ne serait-il pas plus dangereux que d'y faire face ?

Juin 2005 voyait la libération de Florence Aubenas et de Hussein Hanoun après 157 jours de captivité en Irak. Grand moment d'émotion à l'issue d'une mobilisation sans précédent, démontrant une fois de plus le souhait de la population de se mobiliser pour des grandes causes humaines… Certains comprendraient-ils un jour les attentes réelles et les motivations des hommes et des femmes en France et plus largement en Europe et dans le monde ? Que pensaient nos politiques face à ce besoin de solidarité ? Et surtout que faisaient-ils ?

L'été avait enchaîné. Une mi-juin caniculaire avait entraîné des mesures de restriction d'eau dans une trentaine de départements. Peu de précipitations en juillet et en août et deux tiers des départements prenaient des mesures afin de préserver l'eau tandis que l'été marquait durement les pilotes des canadairs en France et au Portugal, en proie plus que jamais à des incendies interminables. L'aviation, en général, connaissait un été noir avec ses crashs à répétition : Grèce, Martinique, Pérou…

Comme si le Tsunami n'avait pas suffi à faire prendre conscience de la fragilité de l'être humain face aux risques de catastrophes naturelles, voilà qu'à la fin de l'été, le pays le plus riche du monde était frappé à son tour, démontrant une fois de plus après le passage du cyclone Katrina, la précarité de certaines situations et toutes les difficultés qu'elle pouvait engendrer... Mais, ce qui choqua le plus le monde, fut l'incurie de l'administration dans la gestion de la catastrophe, ce qui fit pleuvoir les critiques sur George Bush... beaucoup plus prompt à s'en aller en guerre en Irak...

Malgré un tel contexte, dans leur commissariat de police de Quimper, le capitaine François Le Duigou et le lieutenant Phil Bozzi accumulaient les succès. Rien n'échappait à ce duo si complémentaire. La résolution de l'enquête de Lorient leur avait valu une reconnaissance au-delà du Finistère à présent. Celle-ci se traduisait dans les faits par une inscription au tableau d'avancement. L'espoir de nominations au grade de commandant pour François et de capitaine pour Phil, était en vue. Celles-ci étaient liées à une mobilité fonctionnelle sur place, fait exceptionnel, car deux postes se libéraient dans le même temps... Cette perspective renforçait davantage encore leur optimisme et l'euphorie ambiante. Leurs collègues enviaient la joyeuse complicité qui les unissait.

Il était sept heures quarante-cinq et, en cette toute première heure de la semaine, Phil revenait de la machine à café, un gobelet fumant d'une main et, de l'autre, celui qu'il destinait à François, absorbé par la lecture des dernières nouvelles dans la presse. En avance de plus d'un quart d'heure comme d'habitude, ils appréciaient particulièrement ce moment de retrouvailles avant le coup d'envoi du travail qui ne les ménagerait sans doute pas, sans tarder…

Déjà, le patron, le commissaire Yann Le Godarec, arrivait d'un pas pressé dans le couloir, l'air soucieux :

— Ah ! François et Phil, vous êtes là. Il faudrait que vous partiez tout de suite à la SIA, la Société Informatique d'Assemblage de micro-ordinateurs dans la zone industrielle. Prenez deux ou trois équipes de gars en tenue avec vous…

— Pourquoi ? Que s'est-il passé ? s'enquit Phil.

— L'usine vient d'être victime d'un braquage sans précédent. Allez-y et tenez-moi au courant. On vient tout juste de m'appeler…

Sans se poser davantage de questions, Phil et François rassemblèrent leurs affaires et mobilisèrent deux binômes en tenue. Sans perdre de temps, les trois voitures prirent la direction de la zone industrielle située à quelques minutes du commissariat, en sortie de ville.

Un attroupement se tenait devant les grilles de l'entreprise. Un homme en costume-cravate se dirigea aussitôt vers eux. Il se présenta comme le directeur général de cette société. Clair et précis dans ses propos, il expliqua qu'il était arrivé, comme chaque jour, vers sept heures et demie. L'entreprise n'ouvrait ses portes qu'à huit heures trente au personnel. Il avait alors découvert le gardien ligoté sur une chaise à son poste de surveillance et les trois gars de service enfermés dans un petit local servant de remise. Les voleurs se seraient largement servis, semblait-il…

— Quelqu'un a-t-il été blessé ?

— Non. Il ne semble pas. Ils sont cependant encore sous le choc. J'ai reporté l'heure d'embauche du personnel en lui demandant de rester sur place et j'ai empêché qui que ce soit d'entrer avant votre arrivée. Les voleurs sont repartis avec notre camion et de la marchandise…

— Vous avez très bien fait. Avez-vous la possibilité d'interrompre la production pour la matinée, à titre exceptionnel ?

— Oui. Je peux m'en débrouiller mais, par contre, il faudrait absolument reprendre le travail à treize heures…

— Bien. Nous allons faire le maximum dans ce sens. François distribua quelques ordres aux policiers en tenue tandis que Phil sollicitait l'intervention de l'équipe de la police technique et scientifique. Le directeur général se rendit au devant de son personnel, toujours en attente devant le portail d'entrée, afin de délivrer les modalités de fonctionnement pour les heures à venir.

En quelques minutes, les consignes étaient données. Phil et François vinrent rejoindre le vigile qui se remettait difficilement de ses émotions. L'homme, chafouin, au regard torve, attendait leur visite. De taille et de corpulence moyennes, la cinquantaine, le cheveu rare et grisonnant, il portait blouson et jean et fumait une cigarette brune tout en buvant un café. Il les considéra, méfiant, l'air inquiet. Le directeur arriva aussitôt sur leurs talons et ils s'installèrent dans son bureau afin d'entendre le veilleur de nuit. Mais, avant, François prit les renseignements concernant le camion volé afin de communiquer son immatriculation et lancer le signalement à toutes les forces de l'ordre du Finistère et des départements limitrophes ainsi que son inscription au logiciel du FVV – Fichier des Véhicules Volés.

— Pouvez-vous nous donner votre emploi du temps précis, juste avant ce braquage ? demanda François presque sur le ton de la confidence pour ne pas perturber, davantage encore, le malheureux gardien.

— À minuit, les trois collègues sont arrivés. Je suis allé leur ouvrir. Ils se sont mis au travail et moi j'ai effectué ma ronde et n'ai rien remarqué d'anormal.

Phil se tourna vers le directeur.

— Ces trois employés travaillent toujours la nuit ?

— Non, c'est exceptionnel. Vendredi soir, nous avons reçu un chargement de microprocesseurs et de pièces à assembler. Tout étant conditionné sur palettes, j'ai demandé à trois gars de prendre en charge l'arrivage afin d'inventorier les pièces et de mettre les stocks à jour avant l'arrivée du personnel ce matin. Notre travail consiste à réaliser l'assemblage d'ordinateurs portables pour le compte des plus grandes marques du marché.

— Vous êtes donc sous-traitant ?

— Oui. Notre savoir-faire d'assembleur est reconnu. Malgré la concurrence étrangère, nous maintenons un bon niveau d'activité dans ce petit créneau. La société emploie une cinquantaine de salariés.

— C'est important en effet ! Revenons à l'arrivée des gars… reprit Phil, en se tournant cette fois vers le vigile, afin d'éviter toute digression.

— Dès qu'ils ont commencé à travailler, je leur ai préparé un café. À zéro heure trente, j'ai refait une nouvelle tournée des installations sans rien distinguer de particulier. À une heure, je m'apprêtais à sortir de mon local, quand je me suis retrouvé en face d'un individu cagoulé, habillé tout de noir, armé et portant des gants. Il m'a intimé l'ordre de lever les mains, de me taire, d'obéir, en échange de quoi il ne m'arriverait rien. J'ai été tellement surpris que j'étais tétanisé sur place, incapable de bouger ni de prononcer le moindre mot. Un autre type a surgi aussitôt derrière lui, m'a bâillonné, assis sur ma chaise et attaché à celle-ci. Il a ensuite posé un bandeau sur mes yeux. Tout s'est déroulé en moins d'une minute, dans le silence le plus total. Je n'avais rien entendu avant… Les deux braqueurs sont partis vers l'endroit où travaillaient les trois gars…

— S'agit-il d'hommes, de femmes ?

— Le premier à s'exprimer était un homme. Quant à l'autre, resté muet, au vu de sa morphologie, je dirais plutôt un homme…

— Existe-t-il un système de sécurité ?

— Oui… C'est la première chose qu'ils m'ont demandé de neutraliser.

— Pouvez-vous nous décrire ce que vous avez vu de vos deux agresseurs ?

— Pas grand-chose en réalité. Celui qui m'a menacé en arrivant était plutôt grand, au moins un mètre quatre-vingt-dix. Je dirais qu'il avait un accent africain. L'autre est resté silencieux. Il devait faire à peu près ma taille, entre un mètre soixante-quinze et un mètre quatre-vingts. Totalement vêtu de noir également. Je ne peux rien dire de plus.

— Bien, vous pouvez rejoindre votre local, nous enregistrerons votre déposition tout à l'heure. Nous allons d'abord recevoir les trois employés.

Les trois hommes s'installèrent sur des chaises que le directeur s'était empressé de prendre dans le bureau voisin. Même sans lire leur visage, tout, dans leur attitude, trahissait leur gêne. Si deux d'entre eux paraissaient sereins, le troisième semblait plus affecté, voire choqué. Ils tentèrent d'expliquer à tour de rôle ce qu'ils avaient vécu.

— Nous étions occupés à déballer la palette des microprocesseurs quand, derrière nous, une voix nous a intimé l'ordre de ne pas nous retourner et de nous allonger face au sol. Nous avons cru à une blague du vigile et là, Jean-Pierre – les regards se tournèrent vers ce dernier, au teint très pâle – lui a même dit que sa plaisanterie était bonne et qu'il pouvait nous préparer un autre café !

Le Jean-Pierre en question prit alors la parole :

— J'allais me retourner en rigolant pensant toujours que c'était notre collègue et, là, j'ai aperçu deux silhouettes armées, tout de noir vêtues. J'ai reçu un grand coup sur la nuque qui m'a couché aussi sec. J'ai encore la tête comme une citrouille et j'ai mal au nez, car j'ai dû tomber, le visage contre terre…

— Est-ce dans les habitudes du vigile de vous faire des blagues ?

— Non. Pas vraiment. Mais il aime rire, se contenta de préciser piteusement Jean-Pierre.

Les deux autres collègues prirent le relais.

— Nous avons tout de suite compris qu'ils ne plaisantaient pas. Ils nous ont attaché les mains derrière le dos avec de larges bandes adhésives, nous ont bandé les yeux. Ils nous ont intimé l'ordre de nous lever. Puis, nous dirigeant vers le local de stockage, nous ont attachés ensemble sur trois chaises fixées entre elles, elles aussi. Enfin, ils nous ont déroulé une bande de scotch sur le corps et les jambes. Impossible de bouger. Ils ont fermé la porte… Ensuite, nous les avons entendus manipuler de la marchandise, charger notre camion de livraison et s'en aller. Nous sommes restés claquemurés dans ce petit local et n'avons plus rien entendu jusqu'à l'arrivée du directeur…

— Combien étaient-ils à ce moment ?

— Au moins trois. Deux se sont occupés de nous et, pendant ce temps, nous percevions bien que quelqu'un d'autre utilisait un chariot élévateur pour charger le camion.

— Comment ont-ils fait pour être en possession des clefs ?

— Elles sont accessibles dans l'armoire du bureau où elles sont toutes rangées avec les papiers... Comme nous avons un gardien, personne ne s'est jamais inquiété davantage et nous avons toujours pensé qu'il n'était pas nécessaire de tout cadenasser.

— Selon vous, comment sont venus les agresseurs ?

— Par leurs propres moyens, sans doute, car lorsque notre camion est parti, il nous semble avoir entendu démarrer un autre véhicule, de type fourgon peut-être, à l'extérieur...

— Qu'avez-vous remarqué de particulier ?

— L'accent de celui qui nous a interpellés... c'est tout.

— C'est bien maigre comme information... Combien de temps a duré leur action ?

— Quelques minutes pour nous neutraliser et moins d'une heure pour commettre leur forfait et repartir avec la marchandise volée...

— Qu'en pensez-vous ?

— Que ces types étaient bien organisés et savaient utiliser un chariot élévateur. Je serais d'avis de dire qu'ils maîtrisaient le métier, car pour faire aussi vite et aussi proprement, il faut s'y connaître.

— Nous recueillerons tout à l'heure votre déclaration séparément en établissant une chronologie minutieuse de l'agression. Ah ! Voilà l'équipe de la police technique et scientifique. Montrez-leur où vous étiez et ce que vous faisiez. Peut-être pourront-ils relever quelque indice…

Seuls avec le directeur, il s'agissait à présent de faire un point rapide des faits. Ils l'accompagnèrent dans l'usine pour tenter d'évaluer rapidement ce qui avait disparu. Quelques minutes après, ils firent ensemble l'estimation dans son bureau.

— Sous réserve d'un inventaire complet, je dirais que les deux cents ordinateurs portables, prêts à être livrés, ont disparu… à huit cents euros l'unité, vous voyez ce que cela représente, ainsi que les deux palettes de microprocesseurs, soit mille unités à soixante-quinze euros pièce. Au bas mot, cela doit faire au minimum deux cent trente-cinq mille euros ! Ils ont gagné leur soirée ! Je ne tiens pas compte du camion ni du chariot élévateur… Comment voyez-vous les choses ?

— Nous avons affaire à une bande organisée qui a minutieusement préparé son opération. Vous arrive-t-il souvent de détenir autant de stock ?

— Non, jamais. En général, les livraisons se font au fur et à mesure des montages. C'est exceptionnel pendant le mois d'août. Les ordinateurs devaient absolument partir aujourd'hui et demain pour être dans les grandes surfaces pour la rentrée. En fait, c'est du réassort après la livraison de fin juillet…

— Ce qui veut dire que le commando était informé… Depuis quand votre vigile travaille-t-il chez vous ?

— Nous en employons deux qui se relayent pour couvrir toute la nuit, du départ du personnel le soir jusqu'à leur arrivée le lendemain matin… Ils sont entrés dans l'effectif il y a trois ou quatre ans et nous n'avons rien à leur reprocher. Je vais vous sortir leur dossier. Ils œuvraient précédemment pour le compte d'une société de gardiennage… Mais il est plus simple pour nous de les avoir à disposition en permanence…

— Bien. Procédons à la rédaction des procès-verbaux… Tout est assuré ?

— Nous avons souscrit des assurances et je vais examiner de quelle façon elles prendront en charge ce préjudice…

— Il nous faudrait la liste des numéros de référence de chaque objet volé, dans la mesure où ces chiffres y sont gravés et qu'il ne soit pas possible de les enlever facilement ni de les effacer.

— Aucune difficulté. Une identification existe pour chaque appareil, encastrée en dur à l'intérieur de chaque machine…

La matinée fut nécessaire pour recueillir tous les renseignements. La police technique et scientifique ne put rien découvrir de significatif. La bande avait détruit les lignes téléphoniques, emporté le chariot élévateur et le camion, utilisés pour le chargement de la marchandise volée et pour son transport. Elle avait ensuite disparu sans laisser de trace. Le véhicule qui avait emmené les braqueurs n'avait pas, non plus, laissé d'empreintes particulières à l'extérieur de l'enceinte de l'entreprise.

En rejoignant leur bureau, Phil et François délivrèrent leurs conclusions au patron. Ce braquage portait, par sa méthode, la marque du grand banditisme. C'était à peu près tout ce qu'ils pouvaient en dire pour l'instant.

Le commissaire, Yann Le Godarec, transmit ces minces renseignements au procureur qui chargea Phil et François de cette nouvelle enquête…

En fin de matinée, un agriculteur des environs de Rumengol signala une découverte à la brigade territoriale de la gendarmerie du Faou : celle des restes incendiés, encore fumants, d'un camion…

Phil et François rejoignirent aussitôt leurs collègues gendarmes sur les lieux. Ils quittèrent la voie express, Quimper-Brest, à la sortie Le Faou-Rumengol et n'eurent que peu de distance à parcourir pour se rendre, près d'un cours d'eau, non loin de la forêt du Cranou. L'endroit dégageait une impression de désolation. Ils constatèrent qu'il s'agissait bien du camion dérobé à la SIA lors du braquage de la nuit précédente. Le chariot élévateur avait aussi fait les frais de l'incendie, ce qui faisait ainsi disparaître toute trace. Le transbordement de la marchandise s'était sans doute effectué dans un autre endroit car, visiblement, le camion avait été dirigé vers cette destination finale dans l'unique but d'y être détruit. Aucune marque ne put être relevée, que ce soit de pneus ou d'empreintes diverses exploitables.

Tout ceci signifiait que la bande savait, dès le départ, où elle allait, ce qu'elle y trouverait, comment elle emporterait les objets volés, où elle récupérerait la marchandise, où elle détruirait le matériel utilisé pour le braquage…

Dans ces conditions, le travail de Phil et de François se présentait sous un jour on ne peut plus ardu. S'il était possible d'imaginer ou de reconstituer leurs faits et gestes, l'absence d'indices épars compliquait et limitait sérieusement les moyens d'investigation et les pistes sérieuses.

Durant l'après-midi, ils prirent possession des dossiers du personnel victime du braquage mais également de l'ensemble des salariés, y compris de ceux qui avaient quitté la société récemment. Ils tentèrent d'établir toutes sortes d'hypothèses et de les exploiter au mieux. Leur complicité leur permettait de se projeter rapidement dans différents scénarii en exploitant leurs précédentes expériences. Cette enquête présentait un puzzle disparate pour l'instant, à l'image de ces dessins en pointillés dont on ne découvre le sens qu'une fois tous les points reliés.

*

* *

Quelques jours plus tard, en fin de semaine.

Les antécédents du vigile et de son collègue avaient été passés au peigne fin ainsi que leur emploi du temps des jours précédents... sans rien laisser apparaître d'intéressant. Même chose concernant le personnel présent cette nuit-là. L'inventaire du reste du personnel ou des salariés ayant quitté l'entreprise récemment n'apporta pas non plus d'éléments pouvant faire avancer l'enquête.

Phil et François commençaient à errer dans leur bureau, irrésolus, accablés, impuissants.

La sonnerie du téléphone vint apporter une pause dans leurs réflexions. François reconnut presque aussitôt la voix du commissaire Jean Saliou. Il n'avait pas oublié ses étranges vaticinations et ses citations latines. François et Phil l'avaient particulièrement bien connu et apprécié lors d'une enquête qui les avait menés à Lorient, Pontivy et Guémené-sur-Scorff.

— Je mets le haut-parleur pour mon collègue Phil qui sera aussi très heureux de vous entendre... Alors quoi de neuf sur Lorient ?

— C'est-à-dire que je ne suis plus à Lorient. Je viens d'être nommé commissaire principal à Brest ! Ses mots se voulaient solennels, mais sa voix tremblait un peu.

— Ah, très bien ! Toutes nos félicitations ! Si nous nous souvenons bien, vous êtes originaire du Nord-Finistère et votre rêve était une affectation à Brest ?

— Tout à fait, je constate que vous avez une bonne mémoire ! Les civilités du préambule expédiées, il prit un ton sérieux pour annoncer sa démarche. Je vous appelle car je sais que vous avez en charge l'affaire du braquage d'une société informatique de Quimper…

— C'est exact et elle commence même à nous prendre la tête, car nous n'avons rien. Mais alors rien de rien… Pourquoi ?

— Quelques jours avant cette opération commando, nous avons connu une affaire similaire sur Brest et hier, rebelote dans une autre entreprise. À chaque fois, une action méticuleusement préparée, et s'ensuit une disparition sans la moindre trace !

— Tiens, c'est intéressant.

— Comme je vous connais, je me suis dit qu'il pourrait être important que vous y jetiez un œil afin de me donner votre avis.

— Avec plaisir, nous serons très heureux de vous revoir…

— À ce titre… si je forçais un peu le destin du côté du procureur général que je connais très bien afin qu'il vous confie l'ensemble de ce dossier, qu'en penseriez-vous ?

La surprise laissa François interdit. Il marqua un temps de silence tandis que Phil faisait des signes désespérés pour tenter de lui faire comprendre de lui répondre favorablement.

— Phil et moi serions d'accord, mais nous ne pouvons envisager d'engager la démarche auprès du patron. Il vaudrait mieux que ça vienne d'en haut. Avec tout le boulot qu'il y a, c'est sûr qu'il risque de faire la gueule…

— Ça me fait plaisir de retrouver votre prudence légendaire et votre fair play… Je m'en charge ! Cette affaire entre, en plus, tout à fait dans l'esprit de ce qui nous est demandé par notre direction : travailler le plus possible sur un plan départemental ! Je suis sûr que nous allons faire du bon boulot sur ce dossier car, pour moi, il y a certainement une grosse organisation, un paquet de types et certainement une enquête très intéressante à mener… Ah, une dernière chose, bien entendu, je ne vous ai pas appelés !

— Évidemment !

— Et à présent : *alea jacta est !* ne put-il s'empêcher de rajouter, pour sacrifier à sa tradition.

Ils échangèrent ensuite quelques banalités et raccrochèrent. Pour Phil et François, il ne restait plus qu'à attendre.

Cette ouverture émoustillait Phil, impatient de se consacrer à plein temps à une grosse enquête. François ne réprima pas un sourire sibyllin en pensant à la tête que ferait le patron quand sa hiérarchie lui demanderait de se détacher de deux de ses officiers de police judiciaire… Puis, le regard impassible et vide, il se laissa glisser dans les méandres de ses doutes. Ses pensées vagabondaient.

Dans l'heure qui suivit, le patron, Yann Le Godarec, débarqua dans leur bureau, le visage fermé et manifestement gêné. François et Phil firent un effort pour ne pas se trahir. Ils imaginaient parfaitement le motif de sa visite et de cet étrange comportement qui lui conférait une attitude embarrassée. Puis, il se lança dans une explication aux propos parfois abscons, avant d'en arriver au vif du sujet. Le procureur venait de l'appeler, sur ordre du procureur général pour les charger tous les deux d'extrapoler leurs investigations concernant le braquage de la société d'informatique de Quimper, en regard de faits similaires relevés à Brest. En conséquence, il regrettait de devoir leur signifier qu'ils étaient détachés, durant toute cette affaire, sur le commissariat de Brest !

Ils échangèrent un regard désabusé. Puis, Phil, imitant la stratégie du crabe, attaqua de biais par ses questions sur les raisons de leur détachement et se montra immédiatement intéressé par la démarche qui leur était demandée. Visiblement, le patron ne savait pas grand-chose du dossier et il était aisé de comprendre que l'ordre était descendu sans trop de commentaires et sans lui laisser la moindre alternative. Il leur lança un regard dépourvu d'aménité, les invitant à prendre contact avec le commissaire principal de Brest, une pointe d'emphase dans le ton, même s'il s'efforçait de parler d'une voix mesurée. Phil sentait bien qu'il devait totalement ignorer la raison et l'origine réelle de cette décision… Tout était dit. Le patron rejoignit son bureau, mécontent de la situation et cachant son ire.

À nouveau tous les deux, Phil s'empressa d'appeler le commissaire principal, Jean Saliou, à Brest. Ils convinrent de terminer la semaine à Quimper et de prendre en charge l'enquête globale à Brest, à partir du lundi 12 septembre…

Phil se réjouissait à l'avance de pouvoir découvrir cette ville importante du Nord-Finistère. Se rendre au bout du monde annonçait une nouvelle aventure…

II

Commissariat de Brest. Lundi 12 septembre.

La voiture venait de passer devant Plougastel-Daoulas et descendait à présent vers la vallée de l'Élorn pour emprunter le pont de l'Iroise qui doublait le pont Albert-Louppe dorénavant réservé aux sportifs et promeneurs. À hauteur de la plage du Moulin Blanc, leur regard fut attiré par un groupe de chevaux trottant sur l'estran. Un superbe alezan devançait, d'un pas régulier, un cheval noir et deux gris. Image d'une autre époque, songèrent-ils.

Sur la route du Vieux Saint-Marc, ils laissèrent le port de plaisance qu'Olivier de Kersauson, le fameux vainqueur du trophée Jules Verne de 1997, a tellement contribué à faire connaître. Jumelé au port de plaisance, le gigantesque parc Océanopolis avec son architecture d'avant-garde. Puis ils traversèrent la zone portuaire avant de remonter vers le centre-ville et rejoindre la rue Colbert. Ils garèrent leur véhicule au parking de l'Hôtel de police.

L'architecture du bâtiment ressemblait étrangement à celle du commissariat de Lorient, avec ses grilles, son granit gris et son caractère austère derrière un alignement de grands platanes. Comme Lorient, Brest, détruite à quatre-vingt-dix pour cent durant la seconde guerre mondiale, avec ses rues larges et perpendiculaires, ressemblait aux villes américaines... Quelques marches à gravir et ils se retrouvèrent à l'accueil où deux jeunes femmes stagiaires, en uniforme, occupaient le poste.

François et Phil furent dirigés au bureau du grand patron de l'hôtel de police. Sans perdre de temps, il leur exposa son organisation et la territorialité de compétence de sa direction. Essentiellement la ville de Brest. En plus de l'hôtel de police principal, cinq bureaux de police de proximité, répartis sur la zone urbaine, facilitaient le travail sur le terrain. Les hommes en tenue représentaient le gros de l'équipe avec deux cents personnes environ. L'effectif de police judiciaire affecté à la sécurité départementale était plus faible, une quarantaine de personnes seulement. Cette dernière unité concernait Phil et François. Sans s'attarder, il les dirigea vers le commissaire principal en charge de l'antenne judiciaire également installée dans les mêmes locaux.

Ils retrouvèrent, avec un plaisir non dissimulé, Jean Saliou évoquant, dès qu'ils furent tous les trois, le succès de l'affaire de Lorient*, se remémorant, par la même occasion, leur collègue Pierrot.

---

*Voir *Peinture brûlante à Pontivy*, même auteur, même édition.

— Vous savez que, par votre présence, en lui offrant une implication à vos côtés, vous aviez donné un coup d'accélérateur à sa vie professionnelle… Hélas, dans les mois qui suivirent, ses collègues se sont vite chargés de le remettre à la place qu'il occupait avant. Il faut dire qu'il est tellement gentil. Il ne sait rien refuser et leur rend tellement service…

— Dommage. Ce type est loin d'être idiot et pourrait beaucoup apporter à l'antenne judiciaire. Il a de sérieuses aptitudes, même si sa capacité de communication verbale le dessert…

Ils en arrivèrent rapidement à l'enquête les concernant. François commença par commenter l'affaire de la SIA de Quimper. Le commissaire principal détailla les deux affaires de Brest. Dans l'une, les voleurs avaient emporté du matériel de haute technologie militaire, très sophistiqué et terriblement coûteux. Dans l'autre, il s'agissait d'une opération coup de poing dans un magasin de matériel audio, vidéo et hi-fi de la zone commerciale de Kergaradec. Au vu de la typologie des articles volés, il leur paraissait incontestable que ces braquages répondaient à des objectifs et des demandes précis et différents… Vers quelles destinations ? Quel réseau ?

Ils reprirent ensemble les faits. Constatèrent la quasi absence de pistes à suivre. En revanche, ce qui s'étalait ou se dévoilait comme une évidence était la similitude du déroulement des actions. Même en procédant par analogie, ils se perdirent rapidement en conjectures. Nul doute cependant que cette bande de malfrats devait travailler à la commande sur des marchandises ciblées. Il était pour l'instant possible d'imaginer qu'une autre organisation, intégrée ou séparée, décidait et recensait les besoins.

Ce qui laissait supposer que la catégorie de marchandise souhaitée était déterminée par des commanditaires, une équipe de terrain sur Brest se chargeait de la voler et ensuite de la remettre aux destinataires…

Peut-être existait-il des bandes similaires dans différentes régions de France ? Comment était structuré un tel réseau ? Les questions ne manquaient pas, mais ne permettaient ni d'écarter ni de retenir une hypothèse quelconque.

Une tête de pont semblait être installée à Brest, sa mission devait consister à s'emparer de la marchandise convoitée. Pourquoi Brest ? Où se trouvait l'autre partie dont la mission pouvait servir à récupérer ces articles volés et à les acheminer à leurs réceptionnaires ? Qui dirigeait ce trafic ? Où partait réellement la marchandise, à Paris, Lyon, Marseille, Strasbourg ou une autre ville, voire à l'étranger ? Fallait-il chercher ailleurs ou simplement sur Brest, sur le port par exemple ? Celui-ci n'offrait-il pas le moyen, par le biais de conteneurs et de diverses complicités, d'expédier la marchandise aux quatre coins du monde ?

Un tel réseau avait été démantelé sur le port de Marseille. Il pourrait être intéressant de s'inspirer de la méthode employée dans cette précédente affaire… Ce n'était qu'une des réflexions auxquelles le trio se livrait.

Pour l'instant, l'heure ne demeurait qu'aux questions, mais chacun savait que leur hiérarchie ne s'en contenterait pas très longtemps.

— Il faut agir à présent ! dit le commissaire principal, péremptoire. À cœur vaillant rien d'impossible !

— Sans doute. Une chose nous échappe cependant dans cette affaire.

— Ah ? Et laquelle ?

— Pourquoi nous ? Au départ, des OPJ ont bien dû prendre en main les deux braquages de Brest, non ?

— Oui. C'est vrai… Je vous dois la vérité. Tout d'abord, je ne suis en poste ici que depuis quelques mois. Deux OPJ ont été effectivement désignés. L'un s'est arrêté brutalement pour raisons de santé et il n'est, hélas, pas près de reprendre son poste si, toutefois, il devait un jour le faire. Il est hospitalisé, victime de mauvaises tumeurs. Quant à l'autre, que tout le monde appelle Marco, son nom est Marc Le Deunfic. C'est triste, mais il s'est mis à boire depuis quelques années et il devient impossible de lui faire confiance. Ici, il fait partie des vieux routiers de l'ancienne école. Il a été bon dans le passé, paraît-il. De grands alcooliques ont parfois fait de grands policiers, il y a quelques décennies, dit-il, une pointe d'amertume dans la voix. Mais, au fil des années, il est devenu une sorte d'électron libre. La cinquantaine bien tassée, il boit, fume et traîne trop souvent en ville, courant la prétentaine plutôt que de s'occuper de son boulot ou de rentrer chez lui. Résultat, sa femme l'a quitté et ses deux enfants ne veulent plus le voir. Son fils aîné était tout pour lui, il le vit très mal... Et, ici, il est de moins en moins crédible. Dommage que ses moments de lucidité se fassent rares...

— On pourra le rencontrer, malgré tout, pour voir, à tout hasard, le travail déjà réalisé et les enseignements qu'il a tirés en étudiant ces deux braquages...

— Oui, bien sûr. Mais vous verrez, il n'est pas fiable. Alors, tout dépend du moment. Par contre, il connaît parfaitement Brest et est connu comme un loup blanc... mais surtout dans les bistrots du bas de la rue de Siam, de Recouvrance et d'ailleurs... Nous essayons de tout faire pour l'emmener jusqu'à la retraite dans de bonnes conditions. Le grand patron est compréhensif... car son cas relève plutôt de l'action sociale... Vous le trouverez en principe à son bureau, du moins je le pense.

Jean Saliou resta pensif quelques secondes avant de poursuivre :

— Aussi, devant cette situation et, compte tenu de l'excellent souvenir que je gardais de vous dans le dénouement de l'affaire de Lorient, je ne voyais que vous pour prendre sérieusement ces affaires en main. Voilà, vous savez tout, cette fois !

— Bien, merci de votre confiance. Quant à votre fameux Marco, nous souhaitons pouvoir le rencontrer. Il peut nous être utile malgré tout ! Puis, François changea brutalement de sujet. Alors, cette nouvelle vie à Brest ? Racontez-nous ! lui suggéra-t-il.

— C'est surtout ma femme qui est contente, elle revient dans le berceau de sa famille, originaire de Gouesnou. Vous situez ? Au nord de Brest, non loin de l'aéroport de Guipavas. Elle y a passé toute sa jeunesse. Elle y a hérité de la maison familiale, inoccupée depuis quelques années. C'est une belle demeure de caractère que nous avons retapée et aménagée. La vie dans cette charmante petite ville y est particulièrement agréable, avec sa superbe église du XVIe siècle, classée aux Monuments Historiques, entourée de son cimetière comme cela se faisait autrefois et, surtout, de la fontaine de Saint Gouesnou en contrebas dans un parc de verdure. Mon épouse a retrouvé son école primaire et aime y faire son marché le dimanche matin. Elle revit complètement car elle découvre, presqu'à chaque sortie, une personne qu'elle avait connue cela fait plusieurs dizaines d'années…

— Je comprends effectivement. Cette affectation était inespérée !

— Oui, c'est le moins que l'on puisse dire, je n'osais pas y croire ! Du coup, je me suis décidé à m'intéresser à l'histoire de la ville de Brest et de la région…

— Elle doit être riche ! rajouta Phil.

— Oui et ancienne. Le ton venait de changer, faisant place à une atmosphère détendue. En parcourant des ouvrages, j'ai ainsi découvert que Brest devait ses origines à la fin du IIIe siècle. Les Romains y avaient construit un château fort – *castellum* – dans ce site qui n'existe que par sa forteresse appelée *Osismis*...

— Décidément, le latin ne vous quitte jamais, on dirait !

— C'est vrai, mais cela me passionne. Puis c'est devenu une *Civitas Legionum* avant, qu'au Ve siècle, des populations de Bretons, chassées d'outre-Manche par les Saxons, traversent la mer pour trouver refuge en Armorique... ce sont les premiers Brestois ! Cette ville est appelée Bresta sur Chevrette – Chevrette à cause du nom donné alors à la Penfeld – avant de devenir Brest !

— C'est passionnant ! précisa Phil que le commissaire appréciait plus particulièrement. Au point que celui-ci fouilla dans son bureau pour en sortir un épais ouvrage...

— Tenez, si ceci vous intéresse, je n'en ai pas besoin pour l'instant, je vous le prête pour les soirs où vous vous ennuierez à l'hôtel !

— Merci, ce n'est pas de refus !

— Vous verrez, il vous fera surtout découvrir le site du Ve au XIXe... Je suis en ce moment sur la période XXe et surtout la guerre 1939-1945, l'occupation par les Allemands en juin 1940, les bombardements de 1943. Le débarquement des Alliés en juin 1944, le siège de Brest, la reddition du 19 septembre 1944... Brest, une ville rasée qui redémarre à zéro, les quartiers de baraques et tout ce qu'ils ont représenté pour cette cité et ses habitants... C'est captivant, je me régale véritablement...

Impatient de mettre un terme à cette leçon d'histoire, François regarda sa montre avec ostentation, coupant, tout net, le commissaire principal dans son élan. Phil prit le beau livre que lui tendit Jean Saliou et ils emportèrent également les deux dossiers sur Brest puis s'installèrent dans le bureau qui leur avait été affecté pour la durée de cette enquête.

Avec le recul, ils considérèrent que la première étape consistait à bien prendre connaissance des deux opérations brestoises, puis à rencontrer l'OPJ dipsomane dont l'aura et l'estime ne brillaient pas particulièrement auprès de ses supérieurs... Ils passèrent plusieurs heures à s'organiser et prendre en compte leur nouvelle affectation provisoire et la mesure des deux dossiers. Ces choses faites, ils partirent à la rencontre de Marco...

Ils découvrirent son bureau au fond d'un couloir sordide et mal éclairé. La porte était ouverte. Il se leva en les apercevant devant lui. Un pan de chemise sortait de son pantalon, les cheveux bruns en bataille, souriant, mais l'air distrait, il portait tous les stigmates de l'éthylisme, on lui aurait donné dix ans de plus que son âge ! Il faisait encore partie de cette race en voie de disparition, chassée par l'arrivée de jeunes officiers de police frais émoulus des grandes écoles ou de Cannes-Écluses.

Phil se retint de grimacer lorsqu'il lui serra la main en sentant l'odeur d'alcool, mêlée à celle plus forte encore du tabac. Son bureau exigu n'offrait au regard que de vieux meubles délabrés et une moquette aux couleurs indéfinissables.

Il se rassit et se mit à empiler des feuillets posés en vrac, comme s'ils résistaient à la moindre velléité de rangement, invitant, d'un signe de la tête, Phil et François à s'asseoir sur les deux chaises douteuses qui lui faisaient face. Il se leva pour actionner l'interrupteur. La lumière se fit dans la pièce. Par l'unique ampoule pendue au plafond. Une lumière crue, violente, rendant le lieu plus sordide encore.

— Ainsi c'est vous les superflics dont parle sans cesse Saliou ?

Ils purent lire de l'affolement dans ses yeux. Et des questions aussi. Il se dégageait de lui quelque chose d'ambigu.

— Nous ignorions que le commissaire principal parlait de nous en ces termes qui me paraissent, pour le moins, excessifs, s'empressa de préciser François. Il se trouve que lors de son précédent poste, à Lorient, nous avons été amenés à boucler une enquête ensemble dans de bonnes conditions, c'est tout ! Nous avons sans doute eu beaucoup de chance. L'existence est ainsi faite : de croisements et de hasards… Pour le moment, ce qui nous intéresse, c'est de mettre, justement, toutes les chances de notre côté dans l'affaire qui nous préoccupe. Le patron nous a dit que vous avez une excellente connaissance du terrain et que vous avez recueilli les premiers éléments des deux braquages…

— C'est exact ! Mais maintenant, c'est vous qui voyez ! commenta-t-il, laissant paraître une certaine véhémence et agressivité dans ses propos et toisant ses deux collègues dans une attitude de défi, en reculant dans son siège.

François mena l'entretien, Phil regarda autour de lui. Toute la pièce avait perdu de sa fraîcheur et manquait de vie, comme si un jour, quelque chose avait arrêté le temps. Au mur, une seule affiche de Brest 1996 annonçant cet immense rassemblement de voiliers du monde entier. Le poster tenait par habitude, marqué par la patine du temps et jauni par la fumée de tabac. Il demandait à être renouvelé d'autant que, depuis, il y avait eu Brest 2000 et Brest 2004 ! pensa Phil. Sur le bureau, une photo montrait l'OPJ et une femme, enlacés et souriants, deux enfants riant près d'eux. Il lui fallut quelques secondes pour le reconnaître. La photo devait dater de la même époque que l'affiche. L'homme n'avait pas dû sourire avec tant d'abandon depuis bien longtemps, se dit-il.

Marco surprit le regard de Phil et se sentit obligé de préciser :

— Mon épouse est partie et mes enfants m'ignorent, dit-il, en proie à une sorte de panique.

L'amertume qui déformait sa voix était sûrement trop brûlante pour ne pas résulter d'une souffrance personnelle. Ce que cet homme portait sur le cœur s'y devinait mieux qu'à travers les mots qu'il aurait pu prononcer. Son visage était empreint d'une mélancolie qui collait au décor des lieux.

Pour éviter toute diversion, François poursuivit aussitôt :

— Nous ne sommes pas ici pour prendre la place de qui que ce soit et surtout pas la vôtre. Nous avons toujours respecté les collègues avec lesquels nous travaillons. Nous préférons gagner ensemble plutôt que de créer la division et de perdre. Vous pouvez d'ailleurs appeler les collègues de Lorient à ce sujet, si vous en doutez…

— C'est déjà fait ! J'ai eu un certain Pierrot…

— Et alors ?

— Il ne m'a dit que du bien de vous…

— Vous voyez bien ! Alors, est-ce que vous êtes prêt à bosser avec nous ou pas ? Nous pouvons faire équipe. Nous pensons que vous pouvez nous apporter beaucoup grâce à votre connaissance de la ville, personne ne la possède aussi bien que vous, semble-t-il, du moins c'est ce que nous a dit le patron. Si vous ne voulez pas jouer le jeu, ce serait dommage pour vous comme pour nous…

Il marqua un temps de silence. La brusque poussée d'irritation du premier contact venait de laisser place à la résignation. Son angoisse térébrante de l'avenir, face à l'arrivée d'étrangers au service pour récupérer ce qu'il devait considérer comme son enquête, lui parut moins urgente. Les propos de François semblaient faire mouche et le toucher dans son ego. Il abandonna le ton provocateur pour adopter l'ouverture et la conciliation.

— Le problème, ici, c'est que tout le monde me prend pour un pestiféré depuis quelque temps… pourtant, je ne leur ai rien fait, rajouta-t-il avec un zeste de révolte dans la voix. Le plus souvent, je suis chargé de m'occuper de tâches que je juge ancillaires, dégradantes voire assez assommantes…

— Les autres… leur comportement ne nous intéresse pas. Si vous voulez faire équipe, une seule chose comptera : réussir ensemble, unis dans une action commune ! Alors ?

— Moi, je suis d'accord, si vous voulez bien de moi…

— Et comment ! surenchérit Phil qui choisit cet instant pour sortir de son silence.

— Vous pouvez me tutoyer… je préfère… je m'appelle Marco…

— D'accord Marco ! Et si tu racontais à tes deux nouveaux collègues, Phil et François, ici présents, ce que tu penses de ces braquages ?

Marco les regarda avec une stupéfaction radieuse, cachant mal sa fierté.

Il approcha son siège de son bureau, s'accouda et, impavide, il expliqua :

— Pour moi, quelque chose dans ces braquages sonne faux. L'organisation en est étrange. Et puis, cette façon d'être présent juste là au bon moment quand le coup paye. Tout semble s'inscrire dans une vaste entreprise de mystification. La règle de base, si l'on veut accomplir ces actions en série d'une façon parfaite et réussie, consiste à ne pas se vanter de les avoir commises. Mais cette prudente modestie ne sied pas à toutes les bandes de malfrats : cruel est ce silence, quelquefois, lorsqu'on brûle d'envie d'éblouir autrui. Et plus le temps s'écoule et plus la frustration s'aggrave… Or, dans cette affaire, pas la moindre once d'info, pas ça ! fit-il en portant l'ongle de son pouce entre ses dents pour appuyer ses propos…

Marco devenait intarissable. De pouvoir informer d'autres OPJ le rendait important pour une fois. Il offrait à nouveau un regard humain. Avec ses blessures, ses meurtrissures. Avec des espoirs aussi, à peine ternis par la fatigue et la tristesse. Après avoir longuement donné son point de vue sur les deux dossiers, il baissa le ton pour conclure :

— Si vous voulez, je suis prêt à travailler avec vous. J'ai encore une journée de merde à écluser mes paperasses et, dès ce soir, je me mets en chasse. Je plonge, comme au bon vieux temps qui n'est pas si loin d'ailleurs. Je fais le tour des indics et, d'ici un jour ou deux, trois au maximum, je vous jure que je vous apporte des tuyaux de premier ordre ! Est-ce que ça vous va ?

— Marco, on ne t'en demande pas tant. La nuit, il faut se reposer et dormir. Il y a un temps pour tout…

François fut surpris de trouver chez cet homme une sensibilité aussi écorchée et, en même temps, une générosité aussi sincère.

— Je sais, mais laissez-moi faire et vous ne serez pas déçus !

— Bon. OK. Calons-nous sur la façon de travailler. Voici nos numéros de portables… Est-ce que tu veux qu'on t'accompagne…

— Non. Dans un premiers temps, je fais un tour de piste en solo et après, on voit, d'accord ? Mais il faut me laisser carte blanche au départ.

— C'est normal. On va “vendre” l'idée au patron.

— Il ne va pas vouloir suivre !

— Laisse-nous faire.

Ils se séparèrent sur ces bonnes paroles. Ils scellèrent leur pacte par une poignée de main ferme et chaleureuse. Ses yeux noirs étaient vifs. Pleins de vie, de passion soudaine. Ils restèrent une fraction de seconde à se regarder. François devina même qu'au fond de ses yeux brillait de la malice.

Phil et François regagnèrent leur bureau, très satisfaits de cet entretien. Ils subodoraient avoir découvert là un nouveau “Pierrot de Lorient”, certes différent mais qui, à leurs yeux, pouvait s'avérer tout aussi efficace ! Restait à convaincre le patron et à mettre fin à cet ostracisme ambiant à l'égard de Marco.

Dans le courant de l'après-midi, François commenta leur entretien avec Marco à Saliou et formula la demande. La réponse fut claire et claqua comme une porte :

— Si je ne vous connaissais pas et si je ne vous avais pas vus à l'œuvre avec Pierrot à Lorient, ma réponse serait non ! Mais, au vu de ce que vous m'avez déjà démontré, c'est oui ! Le tout va être de faire accepter, au grand patron, l'idée de donner carte blanche à ce zozo !

— Ça, c'est votre problème, nous avons posé les bases de la réussite, à vous de voir !

— C'est bon, j'en fais mon affaire. Mais, surveillez-le un peu tout de même car, parfois, il n'est pas net du tout et surtout, il peut avoir un comportement complètement irrationnel et je limite la portée de mes propos !

Dans l'heure qui suivit, le commissaire principal Saliou ayant dû se montrer convaincant, toute la hiérarchie était d'accord pour donner sa chance à Marco et laisser carte blanche au trio afin de mener ces trois affaires dorénavant regroupées au sein d'un même dossier.

Phil et François vinrent aussitôt confirmer à Marco le blanc-seing obtenu de la direction pour mener au mieux cette enquête, replongeant dans l'odeur prégnante de son bureau décidément mal aéré. En apprenant cette nouvelle, une grande douceur émana de son visage ému. Il afficha même un sourire radieux comme ces footballeurs qui viennent de marquer le but décisif de la victoire.

Marco perçut bien que cette affaire pouvait redonner à sa vie des objectifs nécessaires. Il ne devait pas sombrer. Fini de se murer dans la tristesse, le désarroi.

Les premiers contacts réalisés au départ de ces deux affaires lui revinrent à l'esprit avec précision.

Il doutait cependant de lui. Subsistait-il encore une partie de lui-même qui fût préservée ? Il ne devait plus hésiter entre deux perspectives d'existence : le goût de l'ordre et de la rigueur ou le laisser-aller et la débauche…

En fin de journée, avant de se séparer, Phil et François revinrent au bureau de Marco. François l'interpella avec le sourire :

— S'il y avait un endroit pas trop loin pour prendre un pot ensemble, ce serait lequel ?

— Le Montparnasse, évidemment ! C'est un chaleureux bistrot à vins, et après, si le cœur vous en dit, je vous conseille même une douzaine d'huîtres, une salade vigneronne, un fromage et un gâteau aux pommes ! Vous m'en direz des nouvelles, un régal. C'est tout près du commissariat et, vous verrez, c'est un lieu bien sympathique avec son comptoir en bois, ses nappes à petits carreaux blancs et rouges et son décor original. Et le patron, il est comme ça ! fit-il en appuyant la parole d'un geste du pouce.

— Eh bien, allons-y !

Rassemblant à peine ses affaires, Marco se leva prestement et suivit ses deux nouveaux collègues.

Moustache de bon vivant, la mine réjouie, le patron du bar les accueillit d'une façon très conviviale. Pour les nouveaux venus, Marco et le "vinothérapeute, diplômé des Hospices de Beaune" – s'il vous plaît ! – parlèrent de façon décousue de Brest... Kersauzon le navigateur, la berrichonne de Bourges, Anne Liardet, nouvelle reine des mers, adoptée par les Brestois depuis qu'elle avait bouclé son premier Vendée Globe... La Marine, l'arsenal et, pour finir sur un gros éclat de rire, les Goristes, les fameux chanteurs qui perpétuaient l'esprit brestois si frondeur.

III

Les jours d'après...

Les deux journées qui suivirent, Phil et François ne virent pas une seule fois Marco. Ils étaient, par ailleurs, trop occupés à reprendre en main les deux braquages de Brest. Ils travaillaient sur commission rogatoire du substitut qui attendait beaucoup de leur travail.

Ils repensèrent longuement à la réflexion de Marco lors de leur premier entretien. Ses phrases leur revenaient sans cesse. « Cette façon d'être présents juste là, au bon moment, quand le coup paye », « Ces braquages sonnent faux »... Nul doute qu'il y avait de la complicité là-dessous, mais à quel endroit se trouvait-elle ? Comment procédait-elle ?

Ils avaient donc repris les interrogatoires des vigiles et des salariés susceptibles de communiquer un tuyau de premier ordre à l'extérieur, à une bande organisée. Ils effectuèrent de nombreuses vérifications pour certains d'entre eux afin de s'assurer que les informations tenaient. En final, tous semblaient hors de cause...

Néanmoins, ils obtinrent la possibilité de procéder à une réquisition auprès de France Télécom afin d'examiner les appels donnés et reçus par ceux-ci. Même chose concernant les banques pour vérifier les écritures de leurs comptes de ces derniers mois, question de rechercher en toute discrétion s'ils ne décelaient pas une anomalie offrant une ouverture ou un début de piste à creuser. Deux jours complets avec des “heures à rallonge” furent nécessaires pour mener à bien tous ces travaux. Il restait à attendre tous les documents demandés. Ils tentèrent à plusieurs reprises d'appeler Marco sur son portable, mais son appareil était coupé. Et lui ne donnait aucune nouvelle.

Tous les articles volés avaient été répertoriés dans les fichiers nationaux de sorte que si certains d'entre eux réapparaissaient lors de découvertes de recels, quel que soit le lieu sur le territoire national, il serait aisé de les rapprocher de leur enquête. Cela permettait bien souvent de remonter une filière. Ce long travail fastidieux avait été effectué pour les trois braquages.

Le matin du troisième jour, Phil et François sortaient de leur hôtel, rue du Château, pour rejoindre à pied leur bureau au commissariat central. Ils virent la voiture de Marco se garer d'une façon cavalière sur le trottoir, juste devant eux. Les coups de klaxon insistants ne laissaient pas de doute quant à l'intention du chauffeur d'attirer leur attention. Lorsqu'il ouvrit sa vitre, il n'était pas nécessaire d'être un grand spécialiste pour s'apercevoir qu'il n'avait pas dû dormir beaucoup ces jours derniers... Son apparence physique frisait l'état éthylique comateux.

Mais, comment avait-il fait, dans ces conditions, pour conduire sa voiture et arriver jusque-là sans encombre, sans accident ? Ceci eut le don de mettre François dans un état atrabilaire, ne mâchant pas ses mots, il le morigéna vertement :

— Marco ! Merde ! Tu déconnes, t'as vu ton état ?

— Ccc... sssi c'est com'ça qu'on me remercie, salut !

François fixa Marco comme s'il donnait dans la glossolalie.

— Non, Marco. Sors de ta voiture et viens prendre un café avec nous à l'hôtel. Il ne faut pas qu'on te voie ainsi. Avec tes conneries, tu vas tout foutre en l'air et, là, nous ne pourrons plus rien pour toi.

Le ton péremptoire de François ne lui laissa guère d'alternative. Après un moment d'hésitation, il obtempéra, s'extrayant difficilement de son véhicule. Sa démarche était plus qu'incertaine. Encadré par Phil et François, il put s'installer dans la salle réservée aux petits déjeuners qu'ils venaient tout juste de quitter. Dans un état second, il était incapable de s'exprimer clairement. Ils lui firent servir un copieux plateau qu'une fois commencé, il avala sans peine. Tout en prenant un café, ils le regardaient faire. Cette restauration achevée, ils lui demandèrent où il en était et, surtout, ce qu'il avait fait ces derniers jours.

Les premiers propos de Marco ressemblaient à un douteux sabir, sorte de logorrhée ne permettant pas de comprendre ce qu'il voulait leur dire. Puis, il s'efforça de se contrôler et d'apporter quelques précisions. Ses yeux humides traduisaient sa volonté de vouloir leur confier ses découvertes. Puis, il se délita complètement, laissant deviner, au travers de la carapace qu'il se donnait, la chair à vif de ses stigmates de buveur invétéré…

— Jjjj'ai les premiers tuyaux…

La phrase peinait à se former avant de sortir avec des staccatos bien sentis.

— Alors, explique-nous ce que tu as appris.

— Jjjj'ai peiné… Mmmais ce soir, j'en saurai davantage. Pour l'instant, chhchhuuut !

Phil et François comprenaient bien qu'il serait difficile de lui tirer quelque chose de fiable. Il était hors de question de le laisser venir au bureau. François proposa de le reconduire avec sa voiture chez lui afin qu'il y reste toute la journée pour dormir. Ce soir, ils referaient le point avec lui lorsqu'il aurait les idées plus claires… Marco grommela mais, déjà, il luttait contre le sommeil à table. Phil se dirigea rapidement à pied vers le commissariat pour récupérer le véhicule de service et les deux voitures se suivirent pour se rendre chez Marco.

Marco avait accepté docilement de se laisser conduire et indiqua la direction à François. Ils franchirent le pont de Recouvrance, prirent la rue de la

Porte pour se diriger vers les hauteurs de la Cavale Blanche dans un lotissement social qui longeait une large avenue menant vers Le Conquet et Locmaria-Plouzané, à proximité d'une grande surface commerciale.

En route, Marco avait tenté d'expliquer que, lors de la séparation avec son épouse et sa famille, il avait dû quitter la maison familiale, remarquablement située, avec vue imprenable sur le vallon de Stangalar, dans un quartier calme et résidentiel. Dorénavant, il occupait un logement social. Une petite maison blanche, à un étage, mitoyenne de chaque côté. À l'intérieur, François détailla la pièce, il retrouva ce même goût des contrastes qu'on décelait dans son comportement : moquette gris clair, canapé noir, chaises revêtues d'un tissu rayé noir et blanc. Le blanc, le noir, le bien, le mal, à l'image de sa vie…

Sur les murs, les tables, les étagères, s'accumulaient des photos, des journaux, des magazines et un fatras d'objets les plus divers. L'ensemble du décor avait perdu de sa fraîcheur. Il manquait véritablement une présence féminine dans ce logement, pensa Phil. Des pans entiers de ce capharnaüm ne devaient, sans doute, déjà plus exister pour Marco, perdu dans les limbes de son cerveau éthylique et affaibli.

Quelques photos de sa femme et de ses enfants se retrouvaient à de nombreux endroits. Un cliché présentait son épouse, une très belle femme, grande et mince. Elle arborait une longue chevelure légèrement ondulée d'un noir de jais et qui descendait sur ses épaules, elle affichait un charmant sourire. Lui, à ses côtés, avait la dégaine sportive, col ouvert, pantalon et blouson de toile mastic. Depuis, il avait bien changé... De cette personne, autrefois épanouie et éclatante de santé, il ne restait aujourd'hui qu'un être décrépit.

Un cadre accroché au-dessus de la cheminée représentait la photo de ses deux enfants revêtus d'une tenue folklorique bretonne traditionnelle. Ils se détachaient très nettement sur un fond bleu pâle. La fille avait le sourire et la chevelure de sa mère tandis que le fils avait tout le profil du père... du moins, quelques années plus tôt. Phil et François se demandèrent comment Marco réussissait à garder sous ses yeux, en permanence, ces exquises visions d'un bonheur perdu... Aujourd'hui, ce n'était plus que des images le renvoyant à sa solitude. L'absence de sa famille devait constituer pour lui un mirage, une douleur qu'il n'avait pas encore appris à faire taire. Il vieillissait et ses yeux ne savaient regarder qu'en arrière.

C'était d'une effroyable banalité de dire qu'une partie de lui était morte avec le départ de sa famille. La flamme qui brûlait en lui s'était éteinte. Il n'y avait pas de photos récentes dans la maison. Comme si tout s'était figé dans le temps, quelques années auparavant.

En entrant dans la maison, François avait dit à Marco en arborant un sourire persuasif que, si pour cette fois ses collègues ne lui en tiendraient pas rigueur, il ne devait en aucun cas récidiver. Marco approuva de la tête en faisant signe que oui, incapable d'exprimer le moindre assentiment, l'air désespéré, se sentant plus fautif que jamais.

Il avait aussitôt rejoint sa chambre à l'étage, en grommelant des mots incompréhensibles. Avant de s'en aller, après quelques minutes d'attente, François s'assura qu'il s'était bien couché. Un bruyant ronflement le dispensa de gravir complètement l'escalier. Il déposa les clefs de la voiture sur la table de la cuisine et ils s'en allèrent afin de rejoindre leur bureau. Ils décidèrent tacitement de n'évoquer à personne ce qui s'était passé ce matin même, et gardèrent le silence durant le trajet, contrariés par cette situation, mais plutôt contents, malgré tout, d'avoir sauvé leur collègue, cette fois, mais pour combien de temps encore ?

En regagnant leur poste de travail, ils croisèrent le commissaire principal.

— Alors, comment vous débrouillez-vous avec Marco ?

— Ça se passe bien, fit François, laconique, se demandant également si son interlocuteur était dupe.

— Mais encore ?

— Nous venons de faire le point ce matin avec lui, ses premières informations sont intéressantes, mais il doit les faire recouper et nous les confirmer dans la journée. Demain, nous devrions nous fixer les orientations des actions à mettre en place. Vous aviez raison, il connaît parfaitement le moindre coin de la ville.

— Je vous l'avais dit ! S'il ne se laissait pas aller de temps en temps, ce pourrait être un OPJ formidable, dommage que l'alcool le détruise à petit feu…

Ils reprirent place à leur bureau et poursuivirent tout au long de la journée les derniers interrogatoires des personnes concernées de près ou de loin par les deux braquages effectués à Brest.

Le soir, impatients, ils se précipitèrent chez Marco en espérant qu'une bonne journée de repos lui eût permis de retrouver toute sa lucidité. Ils se garèrent devant la maison. La voiture de Marco n'était plus là, ce qui était de mauvais augure. Au moment de sonner, ils remarquèrent un papier scotché à la porte, à leur attention. François le déplia : « *Je suis parti rencontrer quelqu'un, je ne rentre pas tard et je vous tiens informés, je pense avoir du nouveau. Merci pour tout. À plus. Marco.* »

Inutile de tenter de le rechercher en ville ou ailleurs. Ils décidèrent d'aller dîner et de rentrer ensuite à l'hôtel attendre qu'il appelle.

Il était vingt et une heures quand ils regagnèrent leur hôtel. Le quartier était calme, profitant d'une accalmie entre l'effervescence de la journée et l'activité interlope de la nuit. Toujours pas le moindre signe de Marco. Dans sa chambre, après avoir appelé sa famille à Quimper, Phil se saisit du livre sur l'histoire de Brest que lui avait confié Jean Saliou. Page après page, il se laissait envelopper par le sortilège du récit documenté de la ville et ses yeux fatigués glissaient sur les siècles… Parti de la légende de la princesse Azénor, il s'attarda sur l'histoire des sept saints, une mère et ses sept enfants chassés de Daoulas qui vinrent mourir misérablement à Brest. De célestes messagers prédirent que, pour punir ces méchants, Brest deviendrait une ville prospère tandis que Daoulas irait en diminuant d'importance… Cette légende s'avéra exacte…

Autrefois, le bas de la rue de Siam était occupé par le quartier des Sept-Saints, ancien quartier chaud où les jeunes gens venaient "faire leur persil", c'est-à-dire draguer les jeunes filles. "Draguer", un terme bien connoté Marine Nationale. Cette partie de la ville fut ensuite rasée pour permettre la construction du Pont de Recouvrance. Phil porta une nouvelle fois le regard sur sa montre, vingt-trois heures, toujours pas d'appel. Une irritation croissante se lisait sur son visage. Il continua à se défouler et à se distraire en parcourant le XIVe siècle, période du duc de Bretagne Jean IV, de la tour de la motte Tanguy et du fameux dicton « N'est pas sire de Bretagne qui n'est pas sire de Brest ! ». Puis le XVIe siècle lors duquel François 1er sera le premier souverain à venir à Brest et il faudra attendre ensuite le Second Empire, pour qu'un autre vienne rendre visite à la ville : Napoléon III, en août 1858, accompagné de l'impératrice Eugénie à bord du vaisseau Bretagne…

Une anecdote l'amusa : elle évoquait l'origine humoristique du pompon rouge. Tandis que Napoléon III travaillait, l'impératrice Eugénie visitait un navire de guerre. Un des matelots qui l'accueillit à bord fut tellement impressionné par sa venue qu'il se cogna très fort la tête. Le marin saignait et l'impératrice Eugénie lui tendit un mouchoir que le marin posa sur sa tête et qui devint tout rouge de sang. On se dit alors qu'un pompon serait bien utile sur le bâchis pour amortir le choc. Le pompon était né ! Aujourd'hui, le toucher porte bonheur…

Puis, à nouveau attentif à sa lecture, Phil revint au XVIe siècle, tandis que minuit approchait à sa montre. Brest comptait alors, autour de son église des Sept-Saints, cent trente-sept maisons et masures en dehors du château, c'était une petite bourgade de mille cinq cents âmes à l'ombre de Landerneau et de Saint-Renan.

Soudain, des coups frappés à la porte le sortirent de sa lecture et d'une douce somnolence. C'était François. Marco venait d'appeler. Il était chez lui et détenait des informations de premier ordre. Sans plus attendre, ils partirent aussitôt en voiture et se garèrent devant sa maison. Son véhicule était correctement rangé à sa place. Il leur ouvrit la porte au moment même où ils allaient sonner.

Ils s'installèrent autour de la table encombrée de la salle à manger. Visiblement, Marco n'avait pas bu que de l'eau car l'odeur d'alcool, mêlée à celle du tabac, en disait long sur ce qu'il avait dû faire et des lieux fréquentés. Néanmoins, son comportement paraissait bien plus lucide que celui du matin. Il semblait fier et impatient de leur confier ce qu'il savait. Le rayonnement de son visage était déjà un aveu. Il se dandinait sur sa chaise et but une gorgée de bière après avoir tiré une dernière bouffée de sa cigarette et écrasé le mégot dans un cendrier déjà bien chargé. À l'évidence, il savourait le plaisir de créer le suspense puis se décida à distiller ses informations.

— J'ai pas mal galéré, mais ça y est, je sais tout !

— Alors, de quoi s'agit-il ?

— J'ai eu du bol de rencontrer une personne qui m'a appris beaucoup de choses…

— De qui s'agit-il ?

— Ça c'est un secret. Je ne donne jamais le nom de mes indics. Je respecte la déontologie du milieu.

Puis, il se lança :

— Tous ces braquages sont effectués par deux familles : l'une, une équipe de noirs, en principe des Zaïrois et l'autre, de nord-africains, d'une petite communauté maghrébine. Ces deux groupes se sont réunis pour faire des coups et écumer la région. Ils habiteraient à Brest, du côté de Ponta pour l'une et de Recouvrance pour l'autre… Et ils n'ont pas l'intention d'en rester là.

— Ponta ? s'interrogea François.

— Oui, c'est la ZUP de Pontanezen, ce quartier est connu pour ce genre d'affaire louche… Il semblerait que ce soit une première, quant au fait que ces deux communautés puissent agir de conserve. Généralement, elles ne s'entendent guère.

— Et la marchandise, qu'est-ce qu'ils en font ?

— Des potes à eux, sur le port de commerce, les glissent dans des conteneurs et route pour l'étranger dans une vaste organisation mondiale… ni vu ni connu, papiers en règle pour des marchandises dites de transit ! Et ils passent à la caisse quand la livraison est effectuée. Il est même probable que l'argent ne vienne jamais à Brest, d'ailleurs…

Des sourires comblés illuminèrent leurs visages. Enfin, ils avaient de la matière ! Mais, François comme Phil trouvèrent ces renseignements, malgré tout, un peu légers. Ils déploraient l'absence de noms et d'adresses laissant le champ encore vague à l'investigation. Cependant, la piste d'un grand noir et d'un type de taille moyenne, genre nord-africain, se recoupait parfaitement avec les informations recueillies à Quimper et entendues ensuite lors des rencontres avec des personnes concernées par les braquages de Brest. Ce qui tendait à bien confirmer la vraisemblance de cette hypothèse.

Ils ébauchèrent trois axes de travail pour le lendemain matin ou plutôt pour les heures à venir. En premier lieu, ils devaient localiser les quartiers où des familles de noirs ainsi que de nord-africains étaient installées.

Ensuite, il devenait urgent de noyauter le port de

commerce afin d'examiner ce qui s'y passait... Les perspectives étaient prometteuses. François fit jurer à Marco d'aller se coucher et de venir au bureau le lendemain matin, bien rasé et parfaitement habillé. Il devait redorer son blason par cette opération.

Puis, Phil et François reprirent la route de leur hôtel. Un clair de lune parvenait à filtrer et luisait avec douceur au travers de nuages qui se déchiraient sans cesse.

Marco se tournait et se retournait dans son lit, sans pouvoir trouver le sommeil, en proie aux questions qui se bousculaient dans son esprit. Il lui arrivait souvent de rester ainsi éveillé, bouillant de rage, avec l'envie de prendre de grandes décisions. Mais, la lumière du jour dissipait ce courage...

Phil et François regagnèrent leurs chambres, l'espoir plein la tête et satisfaits d'avoir donné sa chance à Marco. Ils croyaient "dur comme fer" que cette enquête le remettrait en selle.

Phil, comme François ne cessaient de penser à ce qui les attendait. Couchés, ils écoutaient les rumeurs de la ville endormie s'écouler tranquillement au rythme de la faible circulation de voitures, de plus en plus rares à cette heure. Le sommeil et l'épuisement frappèrent à leur porte. Pour Phil, la magie du récit de l'histoire de la ville de Brest se mélangeait avec les derniers éléments de l'enquête, l'emportant dans un rêve complexe jusqu'au petit matin...

Marco se réveilla dans une aube grise qui filtrait par

les vitres embuées de la fenêtre de sa chambre. Le seul bien qu'il conservait et chérissait étant le souvenir. Il se disait que, pendant qu'il travaillait, il ne regardait pas la vie dans les yeux. Pour lui, il considérait que, dorénavant, la seule vie supportable était celle qu'il s'inventait. Mais, ce matin, il se sentait décidé à aller de l'avant. Cette enquête allait le remettre sur la bonne route…

IV

Vendredi 16 septembre.

Phil regardait par la vitre de la fenêtre de sa chambre. Progressivement, la nuit épuisée virait au gris. Puis, une lumière pâle, se chargeant de couleurs au fil des minutes, dissipait progressivement cette brume grise recouvrant la ville lorsqu'ils émergèrent dans la rue pour se rendre à l'hôtel de police. En attendant, en cet instant très matinal, le calme régnait. La journée s'annonçait claire et une brise pure et fraîche sentait l'automne, tout proche, et la mer.

Phil et François arrivèrent un peu en avance à leur poste de travail, soucieux de voir si Marco allait respecter ses engagements. Ils furent véritablement soulagés quand ils le virent arriver, nonchalamment, correctement habillé et rasé de près.

Il paraissait cependant éreinté, le visage hâve et les yeux pochés, le regard las et triste. Ils rassemblèrent leurs dossiers et se dirigèrent tous les trois vers le bureau de Jean Saliou qui ne cacha pas sa surprise en voyant débarquer le trio. Les civilités expédiées, le patron, impatient, lança :

— Alors, ces affaires, vous avez du nouveau ?

— Vous n'allez pas être déçu ! répliqua Marco de sa voix de rogomme.

Phil reprit clairement les éléments en leur possession. Il s'agissait à présent de mobiliser les troupes pour lancer un grand coup de filet sur la ville. Le commissaire principal, Jean Saliou, se leva, se sentant obligé de jouer le rôle de conférencier qu'il affectionnait. Il s'installa devant son tableau de papier qui trônait au coin de son bureau et esquissa, avec force commentaires, les mesures à prendre tandis que l'auditoire acquiesçait avec déférence. Il utilisait le ton ferme et didactique de celui qui est habitué à être écouté.

— Il va nous falloir localiser précisément les deux communautés, examiner leurs faits et gestes avant de porter le coup de grâce. Nous allons devoir mobiliser du monde. Je vais en référer au grand patron, je pense qu'il voudra mettre les RG dans le coup. Généralement, ils sont au courant de l'activité de tous les groupuscules. Il sera prudent de voir aussi avec la gendarmerie maritime. Sur les quais, nous pouvons agir cependant car si une fuite devait avoir lieu par la mer, nous serions marron ! Il ne faut rien négliger.

— C'est sûr. Que proposez-vous ?

— Le mieux serait de réunir rapidement nos équipes, les responsables des bureaux de police de proximité de tout notre secteur d'activité, les RG et la gendarmerie maritime. Ainsi, nous serons certains de contrôler tout l'environnement. L'idéal étant d'agir simultanément à Ponta, Recouvrance et sur la zone des conteneurs sur le port, une fois que nous aurons bien repéré nos cibles… Préparez-moi vos propositions. Je vais voir le *big boss* qui en référera certainement aux caciques. Nous nous retrouvons en début d'après-midi…

Phil, François et Marco rassemblèrent les pièces de leur dossier étalées devant le commissaire principal Jean Saliou et s'installèrent dans le bureau qui leur avait été attribué.

Après une matinée laborieuse durant laquelle Marco avait effectué de réels efforts pour limiter sa consommation de cigarettes, ils décidèrent d'aller déjeuner ensemble dans une brasserie de l'avenue Georges Clemenceau. Une petite marche et un bon bol d'air par cette matinée lumineuse leur feraient le plus grand bien. François et Phil surtout, étaient heureux de découvrir que Brest était à tort réputée pluvieuse, car, pour l'instant, il n'en était rien, les dernières journées d'été s'enchaînaient, agréables et ensoleillées. Seule, la chute des feuilles des platanes marquait le changement de saison.

— J'adore cette odeur de début d'automne, fit Marco. Elle fait partie de celles qui me rappellent mon enfance, ainsi la rentrée des classes…

En effet, ces violentes exhalaisons ressuscitaient en lui une foule de souvenirs qu'il croyait oubliés.

Il revoyait ses dernières journées à la plage avant

la rentrée scolaire. Tout en marchant, il se laissa aller à ces images du passé.

— Nous, les gamins du quartier des baraques…

— Parce que tu es né dans un des quartiers de baraques ? demanda François.

— Oui, un des moins cotés, celui du Polygone-Butte. Mais nous ne nous en rendions pas compte à l'époque et nous étions heureux. Nous aimions nous retrouver en bandes du même âge, garçons et filles, sur le “Caillou brestois”, la petite crique de Maison-Blanche, avec, pour bouées, des chambres à air de voiture en caoutchouc noir. On s'y baignait. Nous étalions notre serviette sur les galets polis par l'océan et nous faufilions entre les annexes retournées. J'ai toujours trouvé, même maintenant encore, cet endroit exotique avec sa succession de cabanons de bois, de tôle ou de parpaings, joliment peints de couleurs vives. Nous aimions y rêver et nous croire aux Caraïbes. Du moins, c'était ce que nous imaginions. Coincé entre la digue de béton de la base sous-marine et le phare du Portzic, ce coin de paradis préservé donne sur la rade avec, au lointain, perdues dans la brume, les installations militaires de Lanvéoc-Poulmic et de l'Île-Longue sur la presqu'île de Crozon…

— L'exotisme, les Caraïbes… à Brest, il fallait faire un sérieux effort d'imagination, non ? demanda Phil.

— Eh bien oui, parfaitement ! Une telle sérénité y régnait, rétorqua Marco. De modestes bateaux s'y balançaient doucement sur leur corps mort. D'ailleurs, ce lieu est bien paradisiaque puisque la ville de Brest a aménagé sur les hauts de Maison-Blanche une petite promenade et un belvédère d'où l'on peut contempler les bateaux qui rentrent d'Ouessant ou de Molène. On est à cinq kilomètres de la ville et, pourtant, on se sent ailleurs…

— C'est peut-être un illustre endroit pour toi et tes copains, car votre génération y a des souvenirs communs, mais complètement inconnu de tous, sans doute… commença à dire François, quand Marco le coupa tout net.

— Détrompe-toi ! Il y a cent soixante-dix ans, un jeune poète de trente-deux ans, déjà renommé à Paris, contemplait également les vagues à cet endroit même et appréciait le site !

— Ah ? Et qui était ce poète ?

— Victor Hugo ! C'était le 8 août 1834. Il venait rejoindre sa maîtresse, Juliette Drouet, réfugiée chez sa sœur à Saint-Renan. Et nous le savons, car il a écrit, dans une lettre adressée à sa femme Adèle, qu'il avait trempé ses pieds dans l'eau à cet endroit ! Et, à l'époque, il n'y avait pas de pont pour relier “Brest même” à Recouvrance ! Preuve que l'endroit offrait un attrait particulier, non ?

— Là, Marco, tu nous épates et tu marques un point, se contenta de répondre François.

Plutôt que de passer devant le Cercle Naval, ils avaient traversé la large rue du Château pour rejoindre le jardin Kennedy. Des jeunes s'activaient et s'en donnaient à cœur joie sur les pistes de skate. En cheminant dans le parc, ils remarquèrent des groupes de jeunes monopolisant ici ou là les quelques bancs publics tandis que Marco poursuivait son commentaire, passionnément.

— Ainsi, tu es né dans un des quartiers de baraques ? s'enquit François pour revenir sur ce sujet.

— Eh ouais, mon vieux, et je faisais partie, comme les autres, d'une bande avec nos serments et nos engagements de solidarité indestructible que rien ni personne ne pouvait remettre en cause ! Il y avait des règles que chacun respectait. Une sorte de code de déontologie au sein de chaque bande. C'était une autre époque… Aujourd'hui, les jeunes ne sont plus pareils…

Ils traversèrent l'avenue et s'engouffrèrent dans la brasserie. À peine installés, Marco proposa de prendre un apéritif et s'en commanda un, tandis que Phil et François optèrent pour un eau gazeuse pour se désaltérer. Les mains de Marco tremblaient. Nul doute que, chez lui, la pression atteignait son paroxysme à cette heure. Pour accompagner le repas, Phil et François se contentèrent de leur eau plate habituelle, Marco ne cachait pas son impatience d'attaquer la carafe de vin qu'il avait commandée et que la serveuse venait de déposer sur la table. Par respect pour lui, ses deux compagnons ne se risquèrent pas à formuler la moindre remarque mais tout, dans son attitude, l'exposait à subir un doigt accusateur. Comment pouvaient-ils l'aider ? Les plats arrivèrent sur la table, Phil et François tentèrent de rester insensibles aux émanations alliacées de l'assiette de Marco qui devait sans doute manger de plus en plus pimenté et assaisonné pour retrouver un certain goût à ses aliments, ses papilles gustatives étant mises à mal par la cigarette et l'alcool.

Phil ouvrit la discussion sur des sujets extérieurs à leur vie afin de permettre à Marco de s'exprimer, voire de se valoriser en dirigeant la conversation, notamment sur la ville de Brest.

— Et si tu nous parlais un peu de la vie actuelle dans ta chère cité, pas de celle du temps des baraques ?

— Vous n'allez pas tarder à la découvrir. Surtout quand on ira chez les “Yannicks”…

— Les Yannicks ? s'étonna Phil, tandis que François arborait le sourire entendu de celui qui savait.

— Ben oui ! À Brest, depuis que je suis tout petit, il a toujours régné une certaine rivalité entre les Yannicks et les Ti-Zefs. Les gars de Recouvrance étaient appelés les Yannicks. Le plus souvent d'origine modeste, issus du monde rural, du Nord et du Centre-Finistère, ils parlaient essentiellement le breton entre eux. Pas méchants, mais “le coup de trop” aidant, ils avaient tendance à avoir le verbe haut et à se laisser parfois aller. Les Ti-Zefs, eux, ne parlaient que le français et occupaient le centre-ville actuel. Celui-ci rassemblait les commerçants, les militaires de la Navale, les cadres de l'arsenal et, plus généralement, des personnes disposant de bonnes situations. D'ailleurs, pour éviter d'être confondus, ils précisaient toujours qu'ils étaient de "Brest même", ce qui voulait tout dire !

— C'est toujours de rigueur ? questionna Phil.

— Plus vraiment. La ville a grandi, des zones pavillonnaires ou commerciales se sont construites tout autour et, aujourd'hui, les problèmes éclatent le plus souvent du côté de la ZUP de Pontanézen où toutes sortes de communautés, parfois en situation irrégulière, souvent au chômage, voient leurs jeunes faire de mauvais coups. Ils ne sont pas tous difficiles, bien entendu, mais le pourcentage y est un peu plus élevé qu'ailleurs, comme dans beaucoup de ZUP d'autres grandes villes… Ce sont les bandes de Ponta. Il faut y ajouter les violences dans les couples paumés ou celles dues à l'alcool, lors des retours de boîtes… À Recouvrance, aujourd'hui, ce sont surtout les bistrots de nuit et la vie nocturne qui dominent. D'autre part, avec la rentrée, le quartier de l'église Saint-Martin voit ses bars envahis par les étudiants, surtout le jeudi soir…

— Il y a de la drogue aussi ?

— Dans ce quartier, assez peu. C'est plutôt sur la place de la Liberté que les petits dealers se retrouvent. Malgré les opérations coup de poing et la chasse que nous y effectuons, ça continue à se développer…

— Malheureusement…

À la fin du repas, les mains de Marco ne tremblaient plus. Son visage avait repris de meilleures couleurs. Il redevenait présentable mais n'avait toujours rien de l'adonis des photos vues à son domicile et datant d'une dizaine d'années.

Ils descendirent tranquillement vers leur bureau. Chemin faisant, Marco leur raconta l'origine du nom de la rue de Siam.

Trois ambassadeurs du royaume de Siam – aujourd'hui la Thaïlande – rendaient visite au roi Louis XIV à Paris en 1686 et firent donc escale à Brest. Les Brestois n'avaient jamais vu d'Asiatiques de leur vie et, éblouis, donnèrent une grande fête et décidèrent de donner le nom du royaume à la principale rue de la ville.

— Mais, avant la seconde guerre mondiale, cette rue était très différente, précisa-t-il. Elle avait été aménagée de manière à ce que le vent ne s'y engouffre pas, étroite, sinueuse, les maisons y étaient hautes… Alors qu'aujourd'hui, elle est rectiligne et donne directement sur la mer offrant au vent le moyen de s'y engloutir. Cette reconstruction selon un quadrillage géométrique a fait de cette ville-port Brest-la-Blanche, toujours ouverte sur le large et l'aventure…

— Intéressant ! se contentèrent de répondre Phil et François.

— Ah et puis, encore, j'y repense. Toujours dans cette rue de Siam, avant-guerre, il y avait le “Péril jaune" ! Marco riait cette fois en pensant à ce qu'il allait raconter.

Durant ce silence, Phil joua le jeu, par politesse :

— Toujours à cause des Asiatiques ? C'était devenu une "chinatown", c'est ça ?

— Non, pas du tout ! Un tramway jaune, en mauvais état, sillonnait la rue de Siam. Le conducteur conduisait un peu trop vite ! Les passants en avaient peur et l'avaient surnommé le "Péril jaune" !

Sur un rire collectif, ils grimpèrent les marches de l'hôtel de police.

Dans l'après-midi, le commissaire principal Saliou fit irruption.

— Ça n'a pas traîné ! Le grand patron réunit ce soir, sous la tutelle du proc et du préfet : la police, les RG, la gendarmerie maritime, les brigades de gendarmerie du Relecq-Kerhuon et de Guipavas-Gouesnou qui contrôlent les zones industrielles de Kergaradec, Lavallot, Lanvian, Kerscao et Kerjean. Toute la grande communauté urbaine de Brest sera en alerte. Dès demain, chaque direction démultipliera les actions à mener. Il faut que, pour le milieu de semaine, on soit en mesure de frapper très fort dans une grosse opération simultanée. À la première heure de mercredi ou de jeudi, ce ne serait pas mal... proposa-t-il songeur.

Le trio le regardait et l'écoutait. Visiblement, cette opération était surtout devenue la sienne. Au point que François crut utile de rappeler que tout cet enchaînement était dû à Marco tout de même.

— Oui, bien sûr ! se contenta-t-il de rajouter laconiquement en tournant le visage vers lui pour approuver de la tête, avec de la bienveillance dans le regard. Bon, tous à dix-neuf heures salle de réunion, s'empressa-t-il de préciser.

Puis, il tourna les talons et quitta le bureau aussi rapidement qu'il était arrivé, l'esprit déjà ailleurs. Après un moment de silence, Phil ne put s'empêcher de s'adresser à Marco :

— Eh bien mon vieux, je crois que ton heure de gloire est arrivée !

— Pas si vite ! balbutia-t-il en rougissant.

La perspective de se retrouver devant cet aréopage le soir même devait le ravir.

L'heure venue, pour se donner du courage, Marco demanda d'aller prendre un verre au Montparnasse. Afin d'éviter tout dérapage, Phil et François l'accompagnèrent. Au moment de quitter le bureau, la sonnerie du téléphone les stoppa dans leur élan.

François décrocha et mit aussitôt le haut-parleur à l'attention de Phil. C'était leur patron quimpérois, Yann Le Godarec :

— Alors, comme cela il paraît, qu'une fois de plus, on fait le grand coup à Brest !

— Ah, les choses vont vite, c'est déjà connu dans le Sud-Finistère ?

— Saliou n'arrête pas de claironner partout qu'il est sur une opération de la plus grande importance jamais mise en musique ! Je crois qu'il n'en a pas fini de nous rebattre les oreilles ! Alors, j'ai pensé que vous deviez être derrière tout ça, n'est-ce pas ?

— Nous n'avons pas fait grand-chose en réalité, c'est surtout un collègue d'ici, Marco, qui a décroché le tuyau, puis tout est allé très vite…

— N'en faites pas de trop tout de même, sinon le fameux Saliou est capable d'obtenir votre mutation à Brest !

— Alors ça, c'est autre chose ! Comment avez-vous appris ?

— Informé par le proc, le substitut de Quimper a eu la délicatesse de m'en faire part…

Ils échangèrent encore quelques mots pendant quelques instants. Marco s'impatientait. Ils écourtèrent l'entretien et filèrent tous les trois. Quelques minutes avant dix-neuf heures, ils prenaient place dans la salle de réunion. Phil et François firent ainsi connaissance des autres collègues.

Le grand patron fit l'introduction et donna la parole rapidement à Saliou qui s'imposa d'entrée dans sa présentation. Son regard vif se baladait partout dans la pièce, distribuant ses salamalecs avec dextérité sans jamais être à court d'ellipses, montrant ainsi sa bonne préparation de la réunion. À sa droite, la vitre d'une porte laissait entrer les derniers rayons de soleil orange. Saliou continuait à pérorer, dévoilant les tableaux qu'il avait minutieusement préparés, continuant ainsi à soliloquer dans le maelström de ses réflexions. Visiblement, il voulait en imposer.

Peut-être était-ce, depuis son arrivée à Brest, la première réunion où il pouvait s'exprimer devant autant de responsables ? Allait-il terminer par une locution latine ? se demandèrent Phil et François. Enfin sonna l'heure de la conclusion et, effectivement, il en cingla une : "et maintenant *Res, non verba !* – Des réalités, non des mots !"

Quelques commentaires dithyrambiques fusèrent des plus hautes autorités, comblant d'aise Saliou et son patron. Tous apprécièrent ce mot de détente. Puis ce fut la ruée vers les bouteilles d'eau minérale mises sur la table. Chacun alla de son commentaire. Vers vingt et une heures trente, chaque participant partait avec son plan de route. Un maximum d'équipes devaient investir discrètement toutes les zones occupées par des communautés africaines et maghrébines, prioritairement à Ponta, pour recenser tous les interlopes et noter leurs faits et gestes. La charge générale serait donnée le mercredi 21 septembre dès potron-minet, à l'heure légale, chaque corps allait faire appel à ses collègues d'autres villes pour lui prêter main forte…

Tout le monde ayant quitté les lieux, le trio se retrouva avec Saliou dont la première question fut :

— Alors, comment m'avez-vous trouvé ? Il avait tellement l'air imbu de lui-même à ce moment que Phil et François restèrent sans voix.

— Super, Patron, quel talent ! se hasarda Marco, surprenant ses collègues par son affirmation.

— Merci ! Il faut dire que je l'avais préparée, cette réunion ! Visiblement, on le sentait sur la piste d'un truc énorme, il le vivait.

— Ça se voyait… Quant à nous, que faisons-nous pour le week-end ? demanda François profitant de cette douce euphorie pour récupérer sa fin de semaine chez lui.

— Vous serez surtout indispensables à partir de la semaine prochaine, je vous propose de profiter de votre week-end en famille à Quimper et de laisser les équipes de terrain faire leur boulot…

Il suggéra à Marco d'intégrer le groupe qui travaillait sur Ponta. Phil et François apprécièrent de pouvoir rentrer. Ils savaient que, les prochaines semaines, cela deviendrait certainement difficile et qu'il ne faudrait plus compter les heures.

En partant, ils prirent un dernier verre avec Marco, le faisant jurer de rentrer chez lui ensuite. Leur inquiétude trop évidente et leurs admonitions réitérées donnaient à penser qu'ils doutaient de lui. Il fit un effort pour dissimuler son embarras et prêter aux questions l'attention qu'elles méritaient et accepta en maugréant. Il les remercia une nouvelle fois pour leur aide, conscient que cette fois le vent soufflait de son côté et qu'il ne devait pas le laisser tourner…

V

Lundi 19 septembre.

Pour prendre connaissance du travail réalisé par toutes les équipes sur le terrain, Phil et François arrivèrent le dimanche soir sur Brest et se rendirent à leur bureau. Avant de rejoindre leur hôtel, ils passèrent par le Montparnasse qu'ils appréciaient. Marco avait raison, l'adresse était bonne !

Dans sa chambre, Phil se replongea dans l'épais livre prêté par Saliou. S'attardant cette fois, plus particulièrement, sur l'histoire de l'arsenal militaire de cette sous-préfecture civile, le deuxième de France après celui de Toulon. Dix mille personnes s'y activaient et c'était la première entreprise brestoise en ce bout du monde…

Très tôt le lundi matin, ils s'installèrent à leur bureau. Les premiers collègues qu'ils croisèrent leur dire qu'ils n'avaient jamais rencontré une telle effervescence dans l'hôtel de police. Saliou était dans tous ses états, ne tenant plus en place, interpellant les uns et les autres, relançant tous les corps concernés. Une vingtaine de sites étaient sous surveillance dans la zone urbaine de Brest. Seul, le port ne semblait rien donner, sauf surprise de dernière minute à l'ouverture de certains conteneurs. La gendarmerie maritime avait mis deux vedettes en état d'alerte, l'une à proximité du port, l'autre dans la rade.

À l'instant où Phil et François prenaient connaissance des remontées d'informations, ils apprirent que Marco n'avait pas rejoint son poste de surveillance avec un collègue, le dimanche soir, comme convenu. C'était mauvais signe et pourtant, ce n'était pas le moment ! se dit François en marmonnant.

Puis, le grand patron et non pas Saliou comme ils s'y attendaient, débarqua dans leur bureau. La consternation se lisait sur son visage.

— Nous avons une merde !

— Ah ? Et laquelle ?

— Braquage d'un camion chargé de cartouches de cigarettes, cette nuit, sur une aire de repos.

— Zut, ça veut dire qu'ils continuent comme si de rien n'était. Ce n'est pas bon signe ! rétorqua Phil.

— Ce n'est pas tout. Cette fois, nous déplorons une mort d'homme et un type sous le choc ! Très mauvais. Ils sont nerveux et montent d'un cran. La gendarmerie territoriale de Pont-de-Buis vient de partir sur les lieux, les scientifiques sont appelés, le légiste, enfin bref la totale… Il faudrait que vous y alliez tout de suite.

— OK. On y va. Où faut-il se rendre précisément ?

— Ils sont tous en principe sur l'aire de repos de Pont-de-Buis-Les-Quimerch. Elle se situe à une trentaine de kilomètres de Quimper mais dans le sens Quimper – Brest alors vous devrez…

— Oui, nous la situons bien, répondit aussi sec François. Nous passons assez souvent devant. Nous nous y sommes mêmes arrêtés une fois. L'espace est bien desservi avec des accès en retrait de la voie express. C'est la seule de cette qualité sur ce trajet. Bon, c'est parti ! Il marqua un court temps de réflexion avant de poursuivre : faudra-t-il modifier le dispositif prévu ?

— Je suis en discussion avec le procureur… Il pense qu'il vaut mieux ne rien modifier, nous aurons un jour de plus pour les localiser, en permettant à nos équipes sur le terrain de repérer des mouvements de personnes, de véhicules et, bien entendu, de marchandises sur le port.

— Oui, c'est vrai, il n'est pas nécessaire de tout bouleverser, dans la précipitation.

— Faut-il que nous voyions Saliou avant de partir ?

— Non, je m'en charge, votre place est là-bas…

Ils ramassèrent leurs affaires et partirent sans plus attendre. Ils savaient que, dans moins d'une demi-heure, ils seraient sur place. En route, ils se posèrent un tas de questions.

— Je ne comprends pas comment le camion a pu se faire coincer sur l'aire. Je croyais que pour le transport de produits sensibles, les consignes données aux chauffeurs étaient claires : pas d'arrêt en cours de route et respect d'un itinéraire et d'horaires précis.

— Bizarre en effet. Nous verrons bien. Mais, une fois de plus, les braqueurs étaient bien informés.

En approchant de l'endroit indiqué, ils entrèrent dans une épaisse couche de brouillard. Ils aperçurent des gyrophares de toutes les couleurs sur les véhicules à hauteur de l'aire : jaune, orange, bleu, blanc... Ils dépassèrent les lieux pour sortir plus loin et y revenir. Des véhicules de la gendarmerie, du SMUR et de l'Équipement étaient garés dans tous les sens. Ils se faufilèrent jusqu'à la bande plastique délimitant l'espace de sécurité.

Le légiste venait de donner son diagnostic : mort par balles, l'une dans la tête, l'autre dans la région du cœur. Les types ne rigolaient pas. La balistique nous dira s'il s'agit bien de la même arme. L'autre homme, deuxième chauffeur du camion, enveloppé dans une couverture, se tenait près d'eux, effectivement en état de choc. Le responsable de l'équipe du SMUR lui administrait un calmant. Les scientifiques venaient de terminer de recueillir d'éventuels indices sur le corps. Celui-ci pouvait partir à l'institut médico-légal. L'équipe poursuivait les investigations. L'adjudant de gendarmerie s'apprêtait à les mettre au courant de ce qui avait vraisemblablement dû se passer, quand il fut demandé au téléphone. Il laissa Phil et François examiner la situation. Visiblement, le chargement du camion avait été transféré dans un autre qui avait repris la route en direction de Brest… ni vu ni connu. Mais que faisaient là les véhicules de l'Équipement ? Où se trouvaient les chauffeurs ?

L'adjudant revint vers eux.

— Excusez-moi, j'ai été appelé par le substitut et votre patron de Quimper. Ce dernier vous donne le bonjour et vous souhaite bon courage ! Je lui ai dit que vous veniez d'arriver.

Le temps était frais et une brume stagnait dans le vallon de la rivière, la Douffine, en contrebas, et s'élevait jusqu'à eux et un peu plus haut sur la colline. L'adjudant proposa de s'installer plus confortablement dans son véhicule de service.

— Dans cet endroit, nous avons souvent du brouillard à cause de la rivière, comme dans la vallée de l'Aulne près de Châteaulin. Dans une heure, ce sera dissipé. Mais, en attendant, ça caille, surtout avec ce petit vent.

— Il y avait ce même brouillard, cette nuit, lors de l'attaque ?

— Oui, d'après le chauffeur.

— Et en plus, la chance est avec eux ! Ils ont vraiment la baraka, ces types, mais tout a une fin, ce n'est pas comme les impôts !

— Alors, voilà. Je viens d'avoir l'explication quant à la présence des véhicules de l'Équipement. Le chauffeur, lui, n'a pas été très clair. C'est nous qui l'avons détaché de son siège, en arrivant. Il a eu la trouille de sa vie, le pauvre. Non seulement, ils descendent son collègue mais, quand il a vu qu'ils l'attachaient au siège de son camion, il a eu peur qu'ils y mettent le feu !

— Ouais, je comprends.

— En résumé. Quelques centaines de mètres, plus haut, au bord de la voie, un camion de la Direction de l'Équipement intimait de ralentir à l'aide d'un panneau lumineux précisant que tous les camions devaient s'arrêter momentanément sur l'aire en raison d'un accident qui se serait produit plus loin. Seules, les voitures pouvaient circuler sur une file. Un individu, vêtu de la tenue fluorescente de circonstance, attendait à l'entrée de l'aire pour confirmer le message et les diriger. Ils étaient seuls à se garer… ce qui les a étonnés ; un autre camion était là, tous feux éteints. Ils ont pensé qu'il s'agissait d'un chauffeur qui s'était arrêté là, par hasard, dans le cadre du respect de son temps obligatoire de repos. En réalité, c'était un piège. Cette organisation ne visait que leur camion, car le premier fourgon avec le panneau lumineux les a suivis dès que le camion a ralenti pour sortir de la voie express et est venu se placer derrière eux, lui aussi tous feux éteints.

— Mais qu'est-ce qu'ils fichaient là ces véhicules ?

— C'est ce qu'on vient de m'expliquer. Ils ont été volés, cette nuit, à l'entrepôt de la Direction de l'Équipement de Quimper, entre deux et trois heures du matin. À l'heure où il n'y a jamais personne sauf en cas d'alerte de verglas ou de neige, ce qui est encore un peu tôt ! Le camion de cigarettes devait passer vers sept heures, ici, pour effectuer un déchargement à huit heures à Brest. Les braqueurs étaient trois : l'un attendait dans le camion sur le lieu de stationnement, l'autre dans le fourgon était chargé de ralentir le camion et le dernier de l'arrêter et de lui dire où se garer.

— Au vu de la méthode, ce doit être la même bande de pros que l'on voudrait bien arrêter. On pourrait le penser en tous les cas ! Et alors que s'est-il passé ?

— Le chauffeur du camion transportant les cigarettes est un type costaud, un mètre quatre-vingt-quinze, cent kilos, qui n'avait peur de rien, selon son collègue. Le braqueur, en les menaçant d'une arme, les a fait descendre et se tenir devant leur camion. Il était vêtu de noir : cagoule, passe-montagne, blouson, pantalon et gants, le tout en cuir. Donc pas de fibre de textile.

— Évidemment ! Ils ne sont pas fous les gars.

— Bref, pendant ce temps, le camion qui était stationné avant eux manœuvrait pour faciliter le transbordement de la marchandise. Le chauffeur du camion de cigarettes a cru que l'attaquant devant lui était seul et qu'il avait le temps de lui régler son compte avant de s'occuper des deux autres types, chacun à leur tour.

— C'était osé comme entreprise !

— Oui, bien sûr, d'autant que le braqueur était aussi grand que lui, mais l'homme cagoulé a été tellement surpris par la réaction du chauffeur qu'il s'est fait étaler et arracher la cagoule.

— Nous aurons au moins un témoin oculaire cette fois !

— Je vais vous en parler. Mais, je termine d'abord. Au moment où le chauffeur allait ramasser le fusil à pompe qui avait glissé à quelques mètres, sans doute pour lui en mettre un grand coup de crosse sur la tête, l'homme qui a arrêté le camion à l'entrée de l'aire arrivait à leur hauteur. Il ne l'avait pas entendu ni vu venir. Devant la tournure de la situation, ce type a paniqué et a exécuté le chauffeur de deux balles. Quand son collègue a repris ses esprits, il a remis sa cagoule, récupéré son arme et ils ont attaché le deuxième chauffeur avec de la bande adhésive sur son siège. Ils ont transbordé en un temps record toute la marchandise et basta ! Voilà les grandes lignes.

— Une sacrée organisation tout de même !

— C'est le moins qu'on puisse dire ! Autre information, lorsque nous sommes arrivés, nous avons constaté qu'ils avaient interdit l'accès à l'aire…

— Comment ça ?

— Oui, pour raison de travaux, était-il indiqué sur le panneau lumineux dérobé, si bien que les véhicules en circulation sur la voie express ne devaient s'étonner de rien…

— Ces types sont de sacrés vicieux, ils fignolent tout de même ! Mais pourquoi aller voler des véhicules à Quimper alors qu'un peu plus haut, il me semble qu'il y a une base de l'Équipement affectée à la voie express ?

— Oui, c'est exact, mais il y a toujours une permanence dans celle-là et, à mon avis, ils ont dû juger que c'était trop près du lieu de leur agression…

— Nous reprendrons tout le déroulement de l'attaque dans le détail avec le collègue de la victime lors de sa déposition. Allons voir où en sont les scientifiques.

Le responsable de l'équipe venait justement vers eux.

La brume se levait progressivement, mais pas encore suffisamment, des détails pouvaient leur échapper, il proposa :

— Je demande que la gendarmerie surveille le périmètre. Nous poursuivons les prélèvements, sans grand espoir cependant au vu de la description des braqueurs. Nous en avons encore pour une bonne partie de la journée. Nous préviendrons l'Équipement quand ils pourront reprendre leurs véhicules et nous examinerons le terrain de stationnement afin de relever les microtraces, notamment celles de l'autre camion, de l'emplacement où il était garé jusqu'à l'endroit d'embarquement. Je vous propose de ramener le chauffeur avec vous à Brest et on verra quand on pourra libérer le camion.

— Vous avez repéré quelque chose ?

— Nous n'en savons rien ! Les braqueurs ne portaient pas des tenues pouvant laisser traîner des indices. Nous craignons donc que ceux que nous relevons ne concernent que des salariés de l'Équipement. Nous allons faire un gros travail d'analyse, peut-être pour un résultat nul ! Pourvu que vous ayez plus de chance avec votre gars !

Le chauffeur avait meilleure mine mais les traits de son visage trahissaient une forte inquiétude. L'air restait très frais et le sol était mouillé d'une rosée, due au brouillard, qui gouttait des petits arbres de l'aire de repos. Ils embarquèrent le chauffeur, saluèrent les hommes au travail et reprirent la direction de Brest.

Ils ne parcoururent que quelques kilomètres pour découvrir un air limpide, un ciel bleu et pur ; seuls, quelques nuages blancs déchirés y flottaient encore en s'étirant par endroits. Ce beau temps les accompagna jusqu'à Brest.

En route, ils mirent le rescapé en confiance, tentant de le rassurer, évitant pour l'instant de l'interroger sur ce qu'il venait de vivre. Ils parlèrent d'autre chose. D'où était-il ? Était-il marié ? Avait-il prévenu sa femme ? Avait-il des enfants ?

En prenant place au bureau, ils lui proposèrent immédiatement un café qu'il accepta aussitôt. Tout en restant angoissé, il commençait à mieux supporter le cauchemar qu'il venait de vivre. Saliou vint les rejoindre quelques minutes pour se tenir informé. Il paraissait bien nerveux. Marco faisait partie de ses inquiétudes et de ses préoccupations du moment. Ce dernier aurait été vu traînant dans des bars de nuit de Recouvrance, à des heures tardives. Son portable étant coupé, personne n'avait pu le joindre. Quant à son fixe, le répondeur se contentait imperturbablement de proposer de laisser un message qui n'était suivi d'aucun retour.

Après deux cafés consécutifs, ils prirent la déposition du chauffeur après lui avoir demandé s'il se sentait capable de répondre à leurs questions. Il leur présenta sa pièce d'identité et son permis de conduire afin de faciliter le relevé des sempiternelles informations concernant l'état civil. Puis, ils en arrivèrent au vif du sujet.

— Racontez-nous tout depuis le début.

— Il devait être près de sept heures, ce matin. Nous venions de Quimper. C'était au tour de Momo, enfin mon pote Maurice, de conduire. Après avoir essuyé une nappe de brouillard sur l'Aulne, nous roulions dans la clarté en arrivant en haut de la côte, avant de descendre à nouveau dans le brouillard vers la vallée de la Douffine. Là, nous avons vu le grand panneau lumineux de l'Équipement, fixé sur un fourgon, signalant aux camions de ralentir et de serrer à droite, afin de s'arrêter sur l'aire de repos située quatre cents mètres plus bas.

— Cela ne vous a pas étonnés ?

— Non, pas du tout. Nous connaissons ce genre de signalisation ponctuelle, ceci ne nous a pas surpris outre mesure. Momo s'est aussitôt exécuté et a pris le couloir de sortie. Un type nous a fait signe de nous arrêter, il portait une tenue fluorescente de l'Équipement et une casquette. Il nous a brièvement expliqué qu'en raison d'un accident, un peu plus loin sur la voie express, les poids lourds ne pouvaient pas circuler et qu'il fallait se garer sur l'aire. Mais, que ce ne serait pas très long. Il attendait d'ailleurs d'une minute à l'autre qu'on l'informe pour lui signaler quand la route serait dégagée. Il est aussitôt parti devant nous en nous faisant signe de le suivre à quelques dizaines de mètres.

— Pourriez-vous nous décrire cet homme ?

— Pas bien, car je me trouvais côté passager et je ne pouvais pas le voir de façon aussi précise que mon collègue dans un premier temps. Je dirais : de taille moyenne, accent de type maghrébin pour le peu que nous ayons pu l'entendre, portant la tenue de l'Équipement. À l'endroit indiqué, il nous a simplement demandé d'arrêter notre moteur et de descendre de notre véhicule. Son collègue arrivait pour s'occuper de nous, puis il a disparu, nous avons pensé qu'il était reparti à son poste au bord de la route. Jusque-là, tout paraissait normal. Sauf que nous étions le seul camion arrêté, en dehors d'un autre stationné à l'écart et tous feux éteints. À ce moment-là, dès que nous avons mis pied à terre, un autre type s'est pointé. Je pense qu'il devait se trouver dans le fourgon portant le panneau lumineux qui nous a suivis dès que nous sommes passés, mais, ceci, je ne m'en suis rendu compte qu'après, bien entendu. Le type était grand, tout de noir vêtu, cagoulé, ganté et armé d'un fusil à pompe. Il nous a intimé l'ordre de lever les bras puis ensuite de nous tourner vers notre camion en posant les mains sur la carrosserie, en écartant et reculant les pieds. Là, j'ai tout de suite réalisé que Momo verrait rouge et qu'il allait tenter quelque chose. J'ai même eu envie de lui dire de ne pas déconner car le type était armé et décidé. Mais Momo était si costaud et il n'avait peur de rien…

Là, son regard se troubla et il ne put retenir ses larmes. Phil lui proposa un verre d'eau qu'il accepta. Les OPJ l'écoutaient avec une attention qui ne laissait transparaître ni prévention ni jugement. Le chauffeur fit un réel effort pour se ressaisir puis reprit le fil des événements :

— Le type qui nous menaçait de son arme, avant que nous nous apprêtions à nous retourner vers le camion était, lui aussi, fort et solide. Avec un accent africain. D'un seul coup, Momo lui a fait voler son arme des mains puis l'a mis KO tout net. J'étais tétanisé. Il lui a arraché sa cagoule. C'était un noir aux cheveux frisés courts, sans signe particulier apparent. Une tête assez carrée un peu comme celle de l'acteur qui joue le rôle de flic dans cette série télévisée…

— Oui, je vois…

— Là, l'autre type est revenu en courant, sans sa tenue de l'Équipement ni sa casquette, mais vêtu et cagoulé de noir, armé d'un fusil à canon et crosse sciés. Il s'est mis devant nous, près du fusil que Momo s'apprêtait à aller chercher et, sans hésiter, a visé Momo à moins d'un mètre, à la tête, puis a tiré sans sommation et ensuite a de nouveau fait feu sur lui, dans le corps. Tout s'est passé en quelques dixièmes de seconde, deux explosions et le silence… Je n'ai pas honte de dire que j'étais mort de trouille, complètement figé, incapable de bouger le moindre muscle…

L'homme se prit la tête dans les mains, les coudes posés sur les genoux, et se mit à pleurer doucement, douloureusement. Hurlant sans doute en silence, la rage au cœur. Phil et François respectèrent ce moment de pause. Phil en profita pour relire la déposition sur son portable.

François reprit calmement :

— Que s'est-il passé ensuite ?

— Il m'a fait lever les mains et remonter dans le camion côté chauffeur. Le grand noir s'est relevé difficilement, a remis sa cagoule. Il a roulé Momo sous la cabine du camion. J'ai alors entendu l'autre camion démarrer pour se positionner à couple avec le nôtre. Là, j'ai enfin tout compris. Le noir m'a tenu en joue tandis que le maghrébin est monté pour m'enrouler de bande adhésive large afin de me fixer à mon siège. Il m'a glissé : « Ne fais pas le con et il ne t'arrivera rien. Sinon, tu subiras le même sort que ton collègue ! ». Il m'a bandé les yeux. À ce moment-là, j'ai eu très peur qu'ils mettent le feu au camion en partant, car j'étais saucissonné et dans l'impossibilité de bouger ou de me défaire. Il est redescendu, a fermé la porte. Puis, ils se sont mis à transborder toute la marchandise.

— Avez-vous vu le troisième homme ?

— Non, entendu seulement. Je ne saurais vous dire s'il était seul ou accompagné.

— Votre camion était plein ?

— Non, pas tout à fait.

— Comment s'organise votre transport ?

— Nous sommes rattachés à la plate-forme régionale de Quimper où j'habite également et, tous les jours de la semaine, nous approvisionnons les dépôts et les sous-dépôts. Le lundi matin, c'est Brest. L'après-midi, Morlaix et Saint-Brieuc. Retour, puis le lendemain c'est le Sud-Finistère, le mercredi le Morbihan et ainsi de suite sur toute la Bretagne. La semaine suivante ça recommence…

— Toujours les mêmes tournées…

— Oui. Quasi immuables, car les dépôts livrent ensuite les bureaux de tabac afin que les bars et les restaurants puissent à leur tour venir s'approvisionner chez ces derniers. Il faut que ça suive tout le temps. Même si la consommation est en baisse, ça débite toujours tout de même et il est indispensable d'éviter la moindre rupture de stock.

— Oui, bien sûr. Au vu de la régularité de vos tournées, il doit être assez facile de vous tendre un piège sur votre parcours…

— Oui, comme à n'importe quel camion de transport de marchandises convoitées. Nous apprenons assez souvent dans la presse le braquage de camions de champagne, de vins millésimés, de matériel hi-fi et j'en oublie. Mais, il est vrai que le tabac connaît un nouvel intérêt depuis les hausses successives de son prix, même si nos camions sont banalisés et ne laissent rien savoir de ce que nous transportons…

— Il faut donc être au courant du contenu ! souligna Phil.

L'homme resta sans réponse, troublé.

Devant son embarras et compte tenu de ce qu'il venait de vivre, François vint à son secours.

— Oui, c'est vrai, mais raison de plus pour s'y intéresser. Selon vous, qui pourrait avoir intérêt à communiquer votre organisation ?

Il marqua un temps de silence, de plus en plus gêné et même mal à l'aise. Il souffla et leva les yeux au ciel. Il laissa échapper un soupir accablé et examina pour la première fois avec une attention soutenue et une certaine méfiance les policiers. Ils ne surent pas déchiffrer cette attitude.

À qui pensait-il à ce moment précis ? À son collègue ? À d'éventuelles personnes qui avaient fourgué les infos aux braqueurs ? Puis, hésitant, il bredouilla :

— J'sais pas… N'importe qui, même les intérimaires affectés au chargement, sait quand le camion part, où il va, il suffit d'un coup de fil de portable et l'information est communiquée. Quand on connaît le *turn over* qu'il y a chez les manutentionnaires…

— Effectivement, les sources peuvent être nombreuses. Connaissiez-vous bien votre collègue ?

— Momo ? Oui, bien sûr, un type au-dessus de tout soupçon et, d'ailleurs, se serait-il risqué s'il était à l'origine de cette action ?

— Non, bien sûr. Combien de temps ont-ils mis à transférer le chargement ?

— Une heure environ, peut-être. Avec mes yeux bandés je ne pouvais voir l'heure et surtout je craignais pour ma vie à l'issue de l'agression, alors, dans ces cas-là, on ne vit pas le temps de la même manière, vous comprenez ?

— Je m'en doute. C'est faisable en une heure ?

— Oui, les cartons sont faciles à manipuler et trois gars costauds, ou plus, en pleine forme et qui font la chaîne… Nous, dans les dépôts, nous utilisons le matériel de levage, donc ça va encore bien plus vite.

— Si nous tentons de résumer. Vous arrivez avec votre camion, disons à sept heures. L'arrêt, l'agression, votre neutralisation, cela a pris, disons un quart d'heure à vingt minutes, ça vous va ?

— Oui, ça doit être à peu près ça…

— Une heure de transfert, huit heures vingt à trente. Ils repartent. Neuf heures et quart, ils sont à Brest ou ailleurs. Avez-vous remarqué un signe distinctif sur le camion déjà garé avant vous ?

— Non. En arrivant nous n'y avons pas prêté attention et après, nous ne l'avions plus en vue et, une fois ficelé sur le siège… pour moi c'était fini.

— Je comprends. Il était petit ? Grand ? De couleur claire ? Une marque sur la remorque ?

— Je dirais à peu près comme le nôtre et me semblait blanc, clair en tous les cas et sans marque. Si, ça, je m'en souviens ; notre réflexe est souvent de lire le nom du transporteur pour voir si on connaît le chauffeur, car il nous arrive de nous retrouver parfois pour casser la croûte…

— Donc, un confrère peut vous avoir aussi bien balancés ?

— Non… Non, je n'y crois pas. Il existe une certaine déontologie dans le métier et une solidarité, un peu comme entre les gens de mer. On aide le copain pour lui éviter des ennuis plutôt que de le mettre dans la merde !

— Ne le prenez pas mal, nous essayons simplement de cerner toutes sortes d'hypothèses. Pourriez-vous nous aider à établir un portrait-robot ?

— Pour le noir, sans problème. Je l'ai bien vu et je l'ai fixé quand Momo lui a arraché sa cagoule. Sa tête est là-dedans, dit-il en montrant sa tempe du doigt. Quant à l'autre, avec sa tenue de l'Équipement, il portait une casquette avec une grande visière, un peu comme les rappeurs, qui dissimulait en partie son visage au moment où il nous a arrêtés. Puis ensuite, il portait une cagoule…

— Nous allons vous laisser entre les mains de notre collègue féminine qui va vous aider à reconstituer les deux visages. Nous nous retrouverons ensuite et ferons venir un sandwich ou un plateau-repas. Avant de nous séparer, nous reprendrons le procès-verbal de votre déposition, si toutefois un détail vous revenait afin que nous en tenions compte.

— À quelle heure pourrai-je partir ?

— Disons vers quatorze ou quinze heures.

— Est-ce que je peux téléphoner à mon employeur, pour qu'il sache à quelle heure faire partir le gars qui viendra me chercher ?

Ils dirigèrent le chauffeur au bureau de la collègue chargée d'établir les portraits-robots, puis se rendirent chez Saliou pour remettre la déposition et commenter leur compte rendu de ce qui s'était passé. Il s'agissait de balancer toutes les informations au plus vite sur le logiciel Rubis – messagerie interne du Ministère de la Défense – afin d'informer aussitôt le réseau territorial en prenant la précaution d'établir un courriel plus important et plus détaillé à destination des différents corps mobilisés pour l'action coup de poing de mercredi matin. Même chose sur le logiciel ANACRIM – Section de l'Analyse Criminelle – car, en plus du braquage, il y avait eu mort d'homme. Toutes les équipes mobilisées sur le terrain à Brest devaient, plus que jamais, ouvrir l'œil pour détecter la moindre anomalie de comportement ou de déplacement de certaines personnes déjà repérées, voire de navettes anormales de véhicules en tout genre.

Saliou demanda aussitôt de mettre la brigade motorisée sur le coup ainsi que la douane pour contrôler les camions clairs sillonnant les routes bretonnes. Les caractéristiques avaient été reprises à partir de celui qui transportait les cigarettes. Jamais une action n'avait pris une telle ampleur sur la communauté urbaine de Brest. Le commissaire principal Saliou ne savait plus où donner de la tête, pas peu fier de mener cette opération d'envergure.

Et toujours pas de trace de Marco !

En début d'après-midi, les portraits-robots avaient été établis et diffusés en interne. Rien ne devait se retrouver entre les mains de la presse, pour l'instant. Il ne fallait surtout pas compromettre l'enquête en cours. Phil et François eurent du pain sur la planche jusqu'au soir très tard. Mais, chose surprenante, côté planques, aucune équipe n'avait remarqué le moindre mouvement ni comportement digne d'intérêt. Rien d'anormal sur le port non plus, pas plus que sur les routes. Comment s'étaient-ils volatilisés de la sorte ?

Phil et François quittèrent le bureau vers vingt-deux heures et se contentèrent d'un sandwich pour tout repas. Ils se rendirent aussitôt chez Marco. Pas de voiture, pas de signe de vie dans la maison. Ils décidèrent de rester l'attendre, tant pis s'ils devaient y passer la nuit, quitte à veiller à tour de rôle. Tout ce qui avait été mis en place reposait sur ses déclarations. Phil et François commençaient à se sentir de plus en plus mal à l'aise sur cette affaire. Et si toutes ses infos étaient bidon ? Ce serait la grande claque et bonjour les conséquences ! La trouille commençait à leur travailler l'estomac… Au moment où François allait repartir pour laisser Phil en place, une voiture ralentit dans la rue et des phares vinrent éclairer l'entrée du garage. Ouf, c'était Marco !

Nouvelle désolation, il était plus bourré que jamais. Mais, comment faisait-il pour rentrer en conduisant sa voiture ? François finissait par croire qu'il existait parfois un bon Dieu pour les ivrognes. Il se retint pour lui éviter une volée immédiate de bois vert.

— Ah, vous êtes là ? dit-il simplement en tentant difficilement de s'extraire de sa voiture.

D'un pas mal assuré, il se dirigea vers la porte d'entrée et mit un certain temps à trouver les clefs dans sa poche. Finalement, ils s'installèrent autour de la même table que précédemment. François éprouva le besoin de se lâcher :

— Marco tu nous fais chier et tu fiches la merde. Tu nous fiches dans la merde !… Tu m'entends ? Mais qu'est-ce qui t'a pris ?

— Je je… je voulais revoir mon indic pour assurer le coup, puis j'ai trouvé des potes de bar et je suis parti en piste avec eux. Des copains de la Marine qui étaient à terre pour quelques jours, voilà, c'est tout…

— “Voilà, c’est tout !” singea François avec une voix grotesque. Reprenant son ton habituel, il poursuivit : C’est tout ce que tu trouves à nous dire ? Avec tes conneries, tu risques de tout nous faire péter à la gueule ! Tu te rends compte au moins ? Nous nous sommes mouillés pour toi ! Nous voulons t’aider et toi tu nous fais un petit dans le dos, faut pas déconner non plus !

Il soupira, réalisant sans doute la gravité de la situation et le tort qu’il portait à ses deux collègues qui se démenaient pour lui. Malgré les vapeurs éthyliques qui devaient encombrer son cerveau, il regrettait son dérapage.

— Dé… désolé. Excusez-moi ! Demain matin, je serai au boulot et mercredi je participerai à l’action, promis…

— Promis, promis… Vendredi soir aussi, tu devais nous écouter et nous avons vu ce que ça a donné…

Le ton de François venait de se radoucir. Il se rendait bien compte que ça ne servait à rien de l’accabler davantage. Plus calmement, il reprit :

— Alors, as-tu appris du nouveau ?

— Non, pas vraiment. Mais je savais dimanche soir qu’il y aurait un braquage avec les deux bandes, mais je n’ai pas pu savoir où ni à quel moment. C’est aussi un peu pour ça que je suis resté tourner autour de mon indic. Voilà, vous savez tout. Imaginez que j’en eusse appris un peu plus, voire que l’info débouche sur un flag… Hein ?… Hein ?… Qu’est-ce que vous en dites ? On devançait tout le monde et le coup de mercredi n'était plus d'actualité !

— Ouais, peut-être, mais cela ne te pardonne pas de ne pas nous tenir au courant de tes faits et gestes et de ne pas garder un contact permanent avec nous et avec ta direction. Avec ton comportement à la con, tu vas te cramer, Marco ! Et te cramer définitivement, je te le dis !

— Ne m'en voulez pas les gars, j'ai essayé au moins…

Ils lui dirent deux mots du braquage de camion, mais Marco ne semblait pas très réceptif. Ils limitèrent les commentaires.

— Bon. Nous allons nous en tenir là pour ce soir. Maintenant, tu vas te coucher et demain, à l'heure pétante, tu es à ton poste ! Nous irons arranger le coup avec Saliou. Mais nous te prévenons, nous ne pourrons pas le faire éternellement.

— Pas de problème les gars, j'y serai… Comment il a dit déjà l'autre latino à la con de Saliou, l'autre jour à la réunion ? à trotton-minet…

L'alcool aidant, le langage de Marco n'était plus très châtié.

— Non, Marco, à potron-minet ou à potron-jacquet, c'est pareil… c'est-à-dire dès le point du jour !

— Tu parles d'un truc encore, il ne pourrait pas parler comme tout le monde celui-là !

Ils se quittèrent sur ces bonnes paroles. Une fois de plus, Phil et François allaient tenter de couvrir leur collègue. Mais, pour combien de temps encore ? L'opération avait intérêt à bien marcher ! Tout au long de la route les menant à leur hôtel, ils lui trouvèrent des excuses. Sans doute avait-il cru bien faire et tenté le jackpot… Ah, si seulement il ne buvait pas autant…

*

* *

Mardi 20 septembre.

Très tôt, Phil et François rencontrèrent Saliou et lui rendirent compte de leur entretien avec Marco. Ils s'efforcèrent d'en embellir la relation, en prétextant qu'il avait presque réussi à anticiper le braquage… Mais, visiblement, le commissaire principal n'était pas dupe et n'accorda que peu de crédit à cette information. Il se montra même plutôt incisif.

— Je veux bien continuer à vous faire confiance, mais je n'accepterai pas tout. Il faut savoir que nous risquons gros sur ce dossier. Si nous faisons un flop, j'en prends plein la gueule et, ensuite, vous savez comment les choses se succèdent en cascade… Ça me ferait de la peine. Vraiment, je serais déçu.

— Mais non, il faut garder confiance, rappelez-vous de Lorient-Pontivy… Quoi qu'il en soit, nous découvrirons bien quelque chose, c'est obligé ! Une organisation d'une telle envergure ! Ce n'est pas le moment de se laisser abattre.

— Je ne vous cache pas que, depuis hier soir, je suis inquiet. Il n'est pas normal qu'aucune de nos équipes n'ait rien remarqué après le braquage du camion… Conduite suspecte, manigance…

— Et alors, quel est votre avis ?

— Pour moi, nous ne sommes pas sur la bonne piste. Sinon, nous aurions découvert un signe, une trace quelconque, repéré quelque chose… J'ai peur que nous soyons à côté de la plaque, les gars… Et, dans ce cas, bonjour les dégâts !

Le commissaire principal venait de résumer ce que François et Phil avaient également pressenti la veille. Mais, ils n'osèrent pas l'avouer. Il fallait aller jusqu'au bout de l'action. Le coup était parti, pas question de reculer, tout ce travail n'avait pas été fait pour rien… Ils se séparèrent sur cet état d'âme et dans la morosité.

En rejoignant leur bureau, Phil et François croisèrent Marco qui arrivait.

— Vous l'avez vu ?

— Oui.

— Et alors, comment il était… je veux dire me concernant.

— Pas très content. Nous perdons en crédibilité sur ce coup-là. Nous avons bien essayé de te défendre, mais le résultat est mitigé. Demain matin, il faut que ça marche et là on pourra rattraper le coup, peut-être… à défaut…

— Vous verrez, ça va marcher, j'y crois !

— Espérons-le.

Tête basse, chacun regagna sa place. Marco n'eut pas le temps de s'asseoir que Saliou le convoqua dans son bureau et le réprimanda très vertement. Des éclats de voix furent même perceptibles dans le couloir, ce qui était un comportement tout à fait inhabituel chez Saliou. Nul doute que la pression devenait extrême. Et l'avenir de Marco suspendu à un fil. Si le cas du type "qui retourne à la circulation" n'existait pas en police judiciaire, il pouvait risquer une mise à pied plus ou moins longue. Le retrait de l'habilitation d'OPJ par le procureur général restant assez rare…

La journée n'apporta rien de significatif et ne servit qu'à caler définitivement les lieux d'action du lendemain matin. Une dernière réunion récapitulative fut effectuée en salle. Chacun apprit ce qu'il avait à faire. Phil et François, qui connaissaient mieux le commissaire principal Saliou, sentirent qu'il n'avait pas le même allant que l'autre jour, comme s'il n'y croyait plus vraiment. Mais sa présentation impeccable du plan d'intervention ne permit pas aux autres acteurs ou dirigeants présents de percevoir son doute.

Cette situation taraudait vivement l'esprit de Phil et de François. Se seraient-ils trompés à ce point ? Laissés embarquer à l'aveuglette par Marco ? Il était vrai que rien n'avait été vérifié… et si tout était du pipeau ? La trouille leur prenait de plus en plus aux tripes… Ils éprouvaient un sentiment de malaise en marchant dans la rue pour rejoindre leur hôtel. Après un brin de toilette, ils décidèrent de venir dîner Avenue Georges Clemenceau. Mais, avant de s'installer, ils déambulèrent un peu le long du boulevard Gambetta, question de s'oxygéner l'esprit. Remarquant un château au loin sur les hauteurs, François ne priva pas Phil de son commentaire :

— C'est le château de Ker-Stears, du nom d'un industriel britannique du XIXe siècle, il est actuellement devenu un établissement scolaire. Il a été pris d'assaut par les Allemands en 1940, mais avant, il avait été habité par la comtesse Rodellec du Portzic à qui on vola un diamant au cours d'une soirée. Ce fait inspira Maurice Leblanc, l'auteur des aventures d'Arsène Lupin, qui écrivit *l'Affaire du Diamant Bleu* !

— Ah ? C'est amusant !

Ils s'arrêtèrent à plusieurs reprises le long du mur pour laisser leur esprit s'évader vers la mer. Les cent cinquante kilomètres carrés de rade scintillaient sous un soleil pâle. François aimait regarder ce point de vue et avait tenu à le faire découvrir à Phil. Tout était calme et la baie se parait de toutes les couleurs possibles : gris, bleu, vert, argenté… absorbant ainsi toutes les teintes des paysages alentour. Par endroits, le vert foncé de la mer s'animait de blanc. Quelques bateaux gris de la Marine Nationale se déplaçaient lentement.

Ils restèrent ainsi, longuement, comme des touristes, à laisser voguer leur regard sur ce fabuleux décor, humant avec délice les odeurs marines. François se souvint d'une anecdote :

— Quand j'étais gamin, je me rappelle avoir accompagné mes parents un dimanche à Brest. Mon père venait retrouver un camarade de service militaire et notre balade nous conduisit, l'après-midi, au rempart datant de Vauban qui surplombe le port de commerce. Ceci, en soi, n'avait rien d'extraordinaire. Mais c'est surtout la visite de "l'escalier" qui m'avait le plus touché. Je n'ai jamais entendu mon père parler de cinéma avec son ami avec une telle ferveur que ce jour-là !

— "L'escalier" ? Cinéma ? interrogea Phil.

— Il s'agit de l'escalier qui servit de décor au tournage du film *Remorques* tourné en 1939 avec Jean Gabin, Michèle Morgan et Madeleine Renaud. Pour les besoins du film, Jean Gabin devait descendre cet escalier sous la pluie. Mais, manque de chance, comme en ce moment, il ne pleuvait pas sur Brest ce jour-là. Il fallut donc avoir recours aux pompiers !

— L'histoire de la pluie sur Brest, comme sur la Bretagne du reste, j'en suis revenu ! Il s'agit bien d'une mauvaise réputation infondée ! Je puis en témoigner ! surenchérit Phil.

— Je ne te le fais pas dire ! Sais-tu que Jean Gabin est un ancien fusiller-marin au grade de second-maître, dont les cendres furent dispersées, là, devant nous en rade de Brest, par la Jeanne d'Arc ?

— Oui, je l'avais lu dans sa biographie…

La rade resta chahutée jusqu'au moment où survint l'encre de la nuit.

Ils revinrent en cheminant tranquillement, sans beaucoup parler, ce qui n'était pas dans leurs habitudes. Le doute les tenaillait. Ils avaient besoin de marcher et décidèrent finalement d'aller dîner place de la Liberté. Il faisait encore bon, ils choisirent une brasserie où ils s'installèrent à l'extérieur sous le vélum de la terrasse.

VI

Mercredi 21 septembre.

Ce matin, une fois de plus, l'air était léger et transparent. Non. Brest n'était pas encore en odeur de pluie aujourd'hui. Les températures restaient élevées pour la saison. C'était le dernier jour de l'été, le ciel avait décidé de jouer le jeu. Ceci redonna espoir et courage à Phil et François.

Il régnait un calme particulier, une activité d'aube sereine. Ils croisèrent sur le trottoir quelques personnes au fort accent local. Tout en approchant de l'hôtel de police, ils se sentirent envahis d'une certaine crainte irrationnelle, peut-être parce que ça leur était nécessaire, un peu comme le trac aux acteurs ou parce que ça leur permettait de se protéger d'une réelle peur… Encore quelques marches à gravir et ils seraient dans l'arène.

Dès leur entrée, ils furent happés par une animation inhabituelle. Un représentant de chaque corps d'intervention de cette opération venait prendre place en salle de réunion afin d'en faire un quartier général centralisateur. Ce QG improvisé permettrait au commissaire principal Saliou d'être tenu informé des événements, minute après minute. Dans un quart d'heure, le coup d'envoi serait donné. Chaque équipe confirmait sa position. En écoutant chacune d'elles, ils découvrirent que Marco occupait bien la place prévue dans une des équipes sur Ponta, ceci les rassura.

Dans l'heure qui suivit, les arrestations se multiplièrent de façon exponentielle, faisant surtout ressortir des situations de sans-papiers, d'immigration clandestine, de trafics en tous genres : drogues, vols de voitures, scooters, cartes bancaires, chéquiers et recels de toutes sortes… Bref, des éléments intéressants certes, mais toujours sans rapport avec l'objet même de cette opération. Dans le même temps, la presse, les radios et la télévision régionale, alertées par cette action inhabituelle sur Brest, rappliquaient de toutes parts.

La confusion générale n'allait pas tarder à se mettre en place. Déjà, les représentants de certaines associations, droits de l'homme et défenses de toutes sortes, prenaient contact avec l'hôtel de police. De Brest, le sous-préfet et le procureur harcelaient le patron… De Quimper, préfet et procureur général n'allaient pas tarder, à leur tour, à monter au créneau…

L'angoisse grimpait d'un cran chez Saliou, Phil et François… Comment était-ce possible de ne pas dénicher le moindre élément concernant les braquages ? Quelque chose continuait à leur échapper. Au vu du grand nombre d'arrestations, il fut impossible de les diriger toutes vers l'hôtel de police. Les équipes furent éclatées sur plusieurs sites. En terme de résultat, le succès était au rendez-vous, mais cela ne correspondait en rien aux attentes prévues.

Vers midi, un premier point put être établi, se soldant par une centaine d'arrestations… En revanche, aucune trace des braqueurs et des receleurs… Étaient-ils seulement de ou à Brest ? se demandèrent alors Saliou, Phil et François.

Les radios locales relataient déjà cet événement, mélangeant sans cesse toutes sortes d'hypothèses : action auprès des immigrés clandestins pour les uns, des sans-papiers pour les autres, visant par là les déclarations du printemps dernier de Sarko sur le souhait de la France de contrôler ses entrées d'immigrés en fonction des besoins économiques du pays. Pour d'autres, il s'agissait plutôt de mettre un grand coup de pied dans la fourmilière des trafics de toutes sortes avec le démantèlement des filières de vol et de recel. Mais, le lien avec les braquages n'était toujours pas clairement identifié.

Le sous-préfet et le procureur se sentirent obligés de s'exprimer à la télévision régionale, à l'heure du déjeuner, pour préciser qu'il était utile, de temps à autre, de mener une opération d'envergure sur la ville afin de ne pas laisser croire, à tout un chacun, qu'il était possible d'agir impunément dans l'illégalité pour quelque raison que ce soit et qu'au vu des excellents résultats obtenus, tout laissait supposer qu'il faudrait recommencer plus régulièrement ce type d'opération. La généralité des propos jouait ainsi habilement sur un paradigme tout en donnant des assurances à la population de la zone urbaine Brestoise… mais éludait totalement l'affaire des braquages.

Saliou, Phil et François décryptèrent les propos d'une autre manière. Si la face était sauvée et l'action valorisée auprès de la population, l'heure des explications n'allait pas tarder à sonner pour eux. Et cette inquiétude ne ferait que monter au fil des heures.

Tout le monde se mit au travail jusque très tard dans la nuit. Les résultats étaient, malgré tout, d'une certaine manière, fructueux et allaient donner de lourdes charges aux différents corps, pour de nombreuses semaines sans doute. Aucun des interrogatoires ne permit d'obtenir la moindre information sur ce qu'ils recherchaient réellement. La première tournée des gardes à vue correspondant aux personnes présentant le meilleur potentiel par rapport à leurs attentes n'apporta que regards vides, gémissements, éructations et jurons de la part de toutes les personnes interrogées sur ces braquages. Ils eurent beau se tourner vers d'autres, pas plus de chance. Le découragement commençait à les emporter. Il devait y avoir autre chose, un indice caché qui leur échappait. Au fil des heures, l'affaire ressemblait à un terrain miné.

Le résultat le plus décevant fut celui du domaine maritime et du port. Rien. Mais rien de rien !

Aucune anomalie. Aucune arrestation. Aucune irrégularité. À devenir fou…

Ils apprirent alors que le grand patron du commissariat venait de se faire convoquer pour le lendemain matin, première heure, chez le procureur. Il appela aussitôt Saliou, Phil et François dans son bureau afin de préparer cet entretien.

D'entrée, il leur lança un regard comminatoire et se montra très agressif. Un éclair courroucé animait ses yeux. Il se jeta alors dans une diatribe impulsive :

— Voilà ce qui arrive quand on veut faire confiance à un ivrogne ! Le ton était donné, première claque. Ce que vous avez fait c'est du copinage, du népotisme, du commérage, comme mesure intrinsèque du comportement éthique de notre profession… argumenta-t-il, dissimulant mal sa colère, comme à chaque fois qu'il était pris du prurit justicier.

Et, en même temps, il jouissait, c'était évident, de son rôle de cerbère sinistre, semblait remarquer Phil en l'observant à la dérobée. Après de longs propos exacerbés de plusieurs minutes, leur supérieur conclut enfin :

— En tous les cas, avec cette opération, vous n'avez pas démontré le théorème de Fermat. Pour ce qui est calcul de probabilités, vous êtes complètement à côté de la plaque ! À présent, j'attends vos explications, j'imagine que vous devez bien en avoir… du moins, j'ose l'espérer ! Le courroux n'était pas tombé dans sa voix. Il y avait, à cet instant, quelque chose en lui d'hypnotisant dans ses yeux noirs si sérieux. Son visage recelait une volonté inflexible, la détermination de ceux que rien ne peut ébranler face à leurs responsabilités. Il prit alors une attitude d'écoute contemplative, digne d'un nonce apostolique. Il les observait, coudes sur le bureau et mains jointes sous le menton, comme pour une prière, le visage figé.

Face à cette situation, dans ce silence glacial, le drame était qu'ils n'en avaient pas… d'explications ! Pour l'instant. Difficile, dans ces conditions, de faire chorus pour répondre. Ils se trouvaient à *ground zero*, dans le désordre et la confusion des sentiments. Comment se sortir de ce pétrin ? Quel argument opposer ? Mal. Ils étaient très mal. Phil et François étaient à quia.

Saliou s'engagea le premier à rompre ce silence embarrassé. Sa voix avait l'assurance des gens qui savent ce qu'ils veulent dire :

— Nous sommes encore loin d'avoir recoupé tous les interrogatoires. Il est trop tôt, pour l'instant, de parler d'échec de cette opération. Nous ne doutons pas du bien-fondé de ce que nous avons mené. Il s'avère, et nous sommes tous d'accord là-dessus, dit-il en se tournant vers Phil et François qui s'efforcèrent de ne pas se laisser surprendre par ses propos et d'approuver simplement de la tête d'un air entendu voire concerté, ignorant pourtant ce que Saliou allait exprimer…

Mais, déjà, celui-ci apportait des précisions :

— Je crois pouvoir dire que le travail de cette journée va nous servir à remettre à plat l'enquête sur les braquages. Et que, dans les jours à venir, un sens véritable va se mettre en place pour nous permettre de déboucher sur le deuxième volet de notre grande opération. Je crois, Patron, que vous pourrez vous montrer rassurant auprès des instances supérieures demain et bien leur faire comprendre que nous travaillons d'arrache-pied et que ça va payer !

Ceci calma d'un seul coup le patron.

— Parce que, pour vous, ce n'est pas un échec ?

— Non. Au contraire, ce n'est que le début d'un grand coup !

— Saliou, vous m'étonnerez toujours. Vous feriez un bon diplomate !

Les échanges se poursuivirent mieux qu'ils avaient commencé. Saliou avait su retourner le coup à leur avantage d'une façon magistrale. Il allait avoir un nouveau répit. Phil et François reprirent espoir aussitôt. Tout n'était pas perdu. Nul doute, Saliou venait de leur démontrer qu'il pouvait être un grand stratège et ne pas se laisser démonter facilement. Ils se dirent même que, sans lui, ils auraient fait dans la déconfiture…

Ils esquissèrent alors des propos convenus et rassurants pour le lendemain et se séparèrent. Saliou demanda à Phil et à François de le suivre dans son bureau.

Les arguments présentés pesaient sur leur conscience plus qu'ils auraient aimé l'admettre.

À peine installé dans son bureau, Saliou perdit le calme relatif qu'il avait réussi à maintenir jusque-là, devant le grand patron, chacun ayant son honneur et sa position à défendre. Il n'était visiblement pas d'humeur compatissante et reporta sur Phil et François sa frustration maussade. Ils le découvrirent ignominieux pour la première fois. Les rôles n'étant plus les mêmes, il les engueula vertement, regrettant de les avoir écoutés et de les avoir suivis sur des informations à caractère douteux d'un éthylique. De plus, si cette affaire devait mal tourner, Marco ne serait plus OPJ mais se retrouverait gardien de la paix, « à condition toutefois qu'on veuille bien le garder dans la police ! » vociféra-t-il. Le commissaire principal avait besoin de vider son sac.

— Mais… pourtant, Marco… bafouilla Phil.

— Marco c'est un ivrogne, doublé d'un imbécile bardot, c'est dire ! Devant l'opportunité en or que vous lui apportiez, il ne s'est pas attardé à réfléchir ou à raisonner. Il a agi par instinct, comme un bœuf de labour, convaincu, sans doute, qu'il faisait le bien, qu'il avait raison et il nous a tous foutus dans la merde, voilà la situation ! Il se trouve peut-être qu'il a tout inventé et qu'il n'y a pas plus d'indic que de tuyau !

Phil et François se trouvèrent plus piteux que jamais. Comme ils regrettaient d'avoir fait confiance aveuglément à Marco ! Ils auraient dû l'accompagner dans ses démarches, vérifier un peu plus les infos du ou des indics. Qui étaient-ils ? Saliou venait de leur glisser un doute : y en avait-il seulement ? Dans l'affirmative, quelle fiabilité leur accorder ? De toute façon, ils auraient dû recouper les renseignements avant de lancer un plan d'action… Ils reconnaissaient avoir été nuls sur ce coup. Ils en étaient restés au résultat inespéré de l'affaire de Lorient-Pontivy. Marco n'était pas Pierrot, ils devaient l'admettre et en tenir compte pour l'avenir.

La vague de morosité passée, ils devaient réagir. Demain matin, Marco, ils allaient le bousculer ! Tout ce qu'ils n'avaient pas fait avant, ils allaient le faire après. Il était impossible qu'il n'y ait pas la moindre parcelle de vrai dans ce qu'il avait rapporté… impossible…

*

*   *

Jeudi 22 septembre.

Premier jour de l'automne. Curieusement et, sans doute par pur hasard, le temps changeait. Une dépression venant de l'Atlantique était annoncée pour la fin de journée.

Les températures baissaient, un vent se levait, agitant les platanes devant l'hôtel de police et précipitant la chute de leurs larges feuilles.

Les journaux s'étaient largement emparés de l'affaire, délivrant un fatras d'informations contradictoires. Toute la zone urbaine de Brest était en ébullition. Qu'allait-il ressortir de tout cela ? Comme toujours, en pareille circonstance, il n'y avait rien d'autre à faire que de garder le silence et d'attendre que le soufflé retombe.

Phil et François temporisaient avant l'arrivée de Marco qu'ils allaient recevoir de pied ferme. Un homme se présenta à l'accueil et remit une enveloppe pour le commissaire principal Saliou. Dans les secondes qui suivirent la réception, ce dernier quittait son bureau pour se diriger, rouge de colère, vers celui de Phil et de François. Il leur jeta l'enveloppe sur le bureau. Marco s'était déclaré malade et avait fait remettre un certificat d'arrêt de travail de dix jours ! Ce fut la consternation générale, cette fois.

Remontés à leur tour, Phil et François prirent leur voiture de service pour se rendre chez Marco. Personne ! Où se trouvait-il donc ? Le voisin ne l'avait pas vu depuis la veille ! Ils étaient condamnés à se débrouiller seuls. Marco ne perdait rien pour attendre !

De retour au bureau, ils reprirent les interrogatoires les plus délicats : ceux des personnes en garde à vue avant une transformation en mise en examen, afin de tenter une ultime fois de déceler ne serait-ce qu'un début de piste, d'indice… Hélas, sans succès. Toujours rien.

En fin de matinée, Saliou vint les rejoindre, contrit. Il était désolé pour tout ce qui se passait, toute cette tension qui les énervait passablement et pour cette atmosphère délétère qui en découlait. Le grand patron avait réussi, semble-t-il, à sauver la face devant la hiérarchie. Pour combien de temps encore ? Le comportement de Marco l'horripilait de plus en plus. Ses jours étaient comptés à son poste ! Ils convinrent qu'ils devaient rester unis tous les trois. Ils avaient plus à y gagner que de se tirer dans les pattes. Ils décidèrent d'aller déjeuner ensemble pour prendre un peu de recul et réfléchir à leur stratégie à court terme.

Les jours qui suivirent furent difficiles. Toutes les personnes en situation illégale sur le territoire furent entendues par le procureur puis confiées à la police aux frontières et placées en détention administrative pour situation irrégulière. Il faudrait ensuite attendre l'arrêté préfectoral pour leur expulsion. Elles seraient dès lors conduites vers Nantes en attendant l'application de cette décision… Tout ceci générait bien des problèmes en termes d'image et de charge de travail.

Les associations les plus diverses faisaient le siège de l'hôtel de police, l'empêchant du même coup de retrouver une certaine sérénité. La hiérarchie recommençait à monter le ton. Bref, rien n'allait plus. Phil et François vivaient les moments les plus désagréables de leur existence professionnelle. Ils se rappelaient que cette affaire, pourtant, à l'origine, offrait les plus belles perspectives de réussite, voire de gloire… et, elle se terminait en jus de boudin ! Où se trouvaient les jours d'honneur et de succès ? Les épreuves à venir brouillaient tout dans leur tête, les confinant dans une situation glauque.

Et toujours pas de trace de Marco ! À un moment, ils craignirent une mauvaise intention de sa part ou une atteinte à sa personne, allant même jusqu'à contacter son ex-épouse, mais elle ne savait rien de lui.

Puis, un collègue l'aperçut en goguette, rassurant tout le monde sur cette triste éventualité… Phil et François percevaient à présent son attitude comme de la lâcheté, rien n'était pire pour eux. Ils la considéraient comme un catalyseur de tout le reste. On ment… on trahit… on vole par lâcheté parfois. Ils ne savaient plus très bien que penser de lui et ce qu'ils lui diraient quand ils le reverraient.

Tous se débattaient comme ils pouvaient dans ce bourbier. L'instant était venu de lancer l'offensive vers d'autres terrains.

Il était toujours un temps où il fallait s'engager, prendre une direction bien définie, même si certaines décisions précédentes les employaient encore. Rien n'était plus terrible que de se rendre compte qu'on s'était trompé !

Cette enquête n'avait été pour eux qu'une vaste erreur. Une épidémie de morosité touchait les troupes et il fallait se ressaisir.

*
* *

Vendredi 23 septembre.

Ce matin-là, une pluie froide tombait sur la ville. Cette grisaille convenait à leurs états d'âme du moment.

Comme si cela ne suffisait pas, de mauvaises nouvelles, susceptibles de donner un tour nouveau à l'affaire, tombèrent dans la matinée.

Le préfet et le procureur avaient décidé de faire appel à l'Office Central de Lutte contre la Délinquance Itinérante – OCLDI. Il s'agissait d'un nouvel Office central, basé à Rosny-sous-Bois, qui semblait voler de succès en succès. Ce dernier venait de se distinguer, une fois encore, dans le démantèlement d'un réseau de braquages et de recels, similaire à celui de Brest et Quimper. À cette occasion, cet Office Central avait mis la main sur des stocks de marchandise volée dans le Finistère. De nombreux articles saisis correspondaient effectivement aux références fournies lors des braquages et enregistrées par Phil et François dans les fichiers nationaux. Trois réseaux volaient en éclats : Strasbourg, Lyon et Marseille, faisant du même coup rebondir les agressions bretonnes. Il n'y avait plus rien d'étonnant que l'investigation du port de commerce de Brest n'ait rien donné !

Tout ceci vint relancer la pression de la hiérarchie et mettre une belle pagaille dans les relations à l'hôtel de police de la rue Colbert. Nouveau coup de colère du grand patron. Nouvelles réprimandes de Saliou. Phil et François commençaient à saturer. Ils vivaient les moments les plus noirs de leur carrière.

Et toujours pas de signe de Marco… Il y avait en lui quelque chose d'incompréhensible : ce caractère apparemment loyal, d'un côté, et, d'un autre, ce comportement complètement instable. Il eût été plus simple d'affronter la réalité en face. Peut-être certains chapitres noirs de sa vie l'en empêchaient-ils ?

Cet Office Central de Lutte contre la Délinquance Itinérante diligenterait désormais les affaires de braquages. Phil et François se retrouvaient reclassés en second rang dans l'enquête. Ce qui ne leur était jamais arrivé. Ils craignaient, à présent, de plus en plus pour leur avancement, un retard pouvait s'envisager d'ores et déjà…

En cette fin de semaine, la hiérarchie donna l'ordre de tout reprendre à zéro avec l'aide de cette cellule spécialisée, dès lundi matin.

Le pessimiste se plaint du vent,
L'optimiste espère qu'il va changer
Le réaliste ajuste ses voiles.
William Arthur Ward.

VII

Lundi 26 septembre.

Phil et François étaient restés sur Brest tout le week-end pour se donner une ultime chance de découvrir de nouveaux éléments susceptibles de leur donner du grain à moudre avant l'arrivée des spécialistes. Résultat ? Rien !

Leur nuit fut épouvantable, un sommeil peuplé d'inquiétudes, d'angoisse et de désespoir aussi parfois. Mais, quelque chose de plus profond qu'un manque de sommeil les tourmentait. Combien d'heures avaient-ils dormi ? Peu, sans aucun doute. Au petit matin, les yeux grands ouverts dans la pénombre, ils attendaient le lever du jour. L'aube pâlissait à peine le ciel et, ces dernières heures, ils avaient perçu le changement de temps : la pluie avait réellement fait son apparition. Mais le tintamarre des gouttes et le bruit de la circulation ne leur parvenaient qu'assourdis, comme le ressac lointain de la mer.

Le lundi matin se découvrit effectivement sous un temps de chien sur la région brestoise, pluie et vent sauvage… Le déluge n'avait pas attendu le jour pour montrer les crocs. La ville toute entière s'effaçait sous des nappes de velours liquide. Le souffle des bourrasques charriait un voile gris masquant le contour spectral des immeubles alentour. Le bulletin météo de la radio signalait que la pluie allait atteindre progressivement le Finistère, la Bretagne et la France toute entière. À Phil et François, il leur sembla, soudain, que les beaux jours étaient passés depuis une éternité, comme depuis tout ce temps qu'ils se trouvaient encalminés dans cette affaire à Brest. Une humeur lugubre gagna leur esprit. La colère accumulée semblait, malgré tout, refluer peu à peu. Le fait de tout reprendre allait peut-être leur donner un nouvel élan, même si cette issue n'était pas glorieuse et continuerait à les tourmenter…

Un peu avant huit heures, toutes les personnes concernées par l'enquête se retrouvèrent en salle de réunion. Trois hommes de l'OCLDI se tenaient là, affichant une réelle sérénité et un regard altier.

La préoccupation de Phil et de François était de se demander si chacune des deux parties en présence, croyait que l'autre allait tenter de lui faucher, sous le nez, cette affaire susceptible de valoir beaucoup de gloire à quiconque la résoudrait.

Le grand patron fit l'introduction de la réunion de travail. Aussitôt après, le responsable de la cellule exposa les éléments des enquêtes qui avaient permis le démantèlement de certains réseaux, ne cachant pas que de nombreux autres subsistaient. Les lots de marchandise saisis en provenance de Bretagne ne représentaient qu'une infime partie du trafic général. C'était dire l'ampleur de qui se passait.

Lors des actions entreprises précédemment dans les autres régions, en liaison avec la police ou la gendarmerie, selon le cas, il s'avérait, pour l'instant, qu'à chaque fois, une infiltration dans l'entreprise était à l'origine de la réussite des coups. Il s'agissait parfois d'une faille dans le gardiennage ou dans le stockage, d'autres fois dans la logistique, chez le transporteur ou encore chez certains intérimaires ou salariés à contrat à durée déterminée…

C'était donc à ce niveau qu'il convenait de diriger les affaires d'une façon plus approfondie dorénavant. Ils ne cachèrent pas que ces investigations seraient longues et devaient être discrètes pour réussir. Le responsable de l'équipe de l'OCLDI leur raconta une enquête menée à Strasbourg. Celle-ci avait duré un an avant qu'ils ne dénichent l'informateur.

— Dans huit affaires sur dix, nous avons découvert un infiltré dans l'entreprise. Celle qui nous a donné le plus de difficultés se situe à la sortie de

Strasbourg en direction d'Illkirch-Graffenstaden, dans une grande zone commerciale, c'est un superbe magasin de radio, télé, hi-fi, informatique et j'en passe. Il s'est fait ratisser deux fois la même année et toujours au bon moment. Nous avons suivi tout le personnel sans exception, du CDD au directeur général : téléphone fixe, portable, comptes bancaires, cartes, chéquiers, train de vie, habitudes, relations… rien. Rien pendant près d'un an ! Je ne sais pas si vous voyez, cette affaire nous occupait une personne à plein temps !

— Et comment s'est-elle terminée ? demanda Saliou par politesse plus que par réel intérêt.

— Le magasin employait un brillant étudiant en commerce. Celui-ci venait travailler quelques heures le mercredi, le vendredi après-midi et le samedi toute la journée. Dans le cadre de son cursus universitaire, il validait cette activité comme une période de stage de formation obligatoire pour ses études et, à ce titre, ne relevait donc pas de la liste des salariés. Il ne percevait que des primes liées à ses résultats commerciaux sous forme d'indemnité de stage et donc non assujettie aux charges sociales et aux déclarations diverses. Impossible de le dénicher. Nous l'avons découvert par hasard, tout bêtement. Un jour que nous nous trouvions sur les lieux lors du deuxième braquage, un client, au cours d'une mauvaise manœuvre, a cabossé la voiture du jeune homme. Comme il y avait des témoins, le chauffard est venu se présenter à la direction. Et, de fil en aiguille, nous avons découvert ce jeune homme et avons commencé à nous intéresser à son cas. D'origine modeste, il était censé payer ses études en travaillant, mais roulait dans une voiture neuve et ne paraissait pas dans la misère... Bref, il a été arrêté, confondu et il est en taule. Je vous passe les détails. Simplement pour dire que dans les différentes affaires de braquage qui se sont produites par ici, à un moment ou à un autre, nous allons découvrir une complicité dans les lieux ou un truc de ce genre, c'est sûr, vous verrez !

Quand le tour de la question fut considéré comme effectué, la réunion fut levée et chacun vaqua à ses occupations. Saliou, Phil, François et les trois gars de la cellule s'isolèrent pour travailler ensemble. L'effet pompeux et protocolaire de la réunion passé, les trois hommes semblaient plutôt d'un abord agréable et ouvert. Ils détendirent rapidement l'atmosphère chargée de tension. Ils décidèrent de l'organisation à mettre en place. Le responsable de la cellule resterait à Colbert pour continuer à coordonner les actions nationales afin de les mettre en parallèle avec les actions locales et tenter de rechercher des points communs ou des indices de recoupement. Deux binômes reprendraient les quatre affaires, tantôt composés de Phil et François d'un côté, et des deux autres OPJ de la cellule, de l'autre.

Mais, après avoir travaillé une bonne partie de la matinée ensemble, le responsable ne cacha pas ses interrogations sur la tournure de l'enquête. Il voulait en savoir davantage pour comprendre et appréhender où il mettait les pieds. Cette franchise et ce souhait de clarté eurent l'heur de plaire au groupe.

Le commissaire principal Saliou leur expliqua, de façon détaillée, le déroulement de la prise en charge de l'enquête depuis le départ. Ceci permit à chacun de clarifier le contexte particulier qui leur échappait. L'ambiance était à une franche cordialité au moment d'aller déjeuner, décrispant au passage l'air dépité de Phil et de François et écartant, pour un temps, une éventuelle rivalité.

Ils convinrent de travailler dans la transparence. Ces quatre vols à main armée ne devaient pas laisser croire aux malfaiteurs à une impunité permanente. Et personne ne perdait de vue la mort tragique du chauffeur qui avait tenté, mal à propos certes, un acte irresponsable et désespéré qui se voulait héroïque, mais qui lui avait coûté la vie. Cela prouvait d'ailleurs, une fois de plus, qu'il était nécessaire qu'en cas de braquage, les victimes doivent se plier aux exigences des malfaiteurs armés plutôt que de tenter un acte de bravoure. Les entreprises souscrivent des assurances pour ce genre de sinistre…

L'après-midi allait être consacré à lancer toutes les réquisitions possibles et imaginables sur toute personne susceptible d'être impliquée dans les hold-up. Ils ressortirent aussi les saisies faites précédemment afin d'approfondir davantage encore leur examen.

La nuit venue, Phil et François se rendirent à nouveau chez Marco. Ils devaient absolument lui mettre la main dessus. Il ne se trouvait pas à son domicile. Les voisins situés de part et d'autre de son logement confirmèrent qu'il ne venait pas dormir chez lui, mais leur apprirent qu'il y passait de temps en temps pour prendre des affaires et repartait aussitôt. Ils convinrent, d'un commun accord, qu'ils les préviendraient aussitôt que Marco se pointerait chez lui.

Les voisins ne cachèrent pas que Marco devait filer un mauvais coton car son allure tenait de plus en plus du laisser-aller et que cigarettes et alcool devaient être sa première source d'alimentation... Tout cela paraissait bien inquiétant.

Sur le chemin du retour vers l'hôtel, Phil et François échafaudèrent plusieurs hypothèses sur l'attitude de Marco, allant même jusqu'à se demander s'il n'était pas impliqué, d'une certaine manière, dans les braquages... Ils redoutèrent ce postulat et tentèrent de l'écarter de leur esprit. Puis, ils s'installèrent pour dîner tranquillement. Ils n'eurent pas le temps de terminer leur repas qu'un des voisins les appela sur leur portable, suivi aussitôt de l'autre. Ils quittèrent précipitamment leur table, expliquant brièvement au restaurateur qu'ils reviendraient payer l'addition, en présentant leur carte professionnelle.

Gyrophare magnétique posté sur le toit de leur voiture, ils se dirigèrent à toute allure vers le domicile de Marco. L'heure des comptes allait sonner.

Ils arrivèrent au moment même où Marco ouvrait la porte de sa maison pour s'apprêter à repartir, ce fut moins une ! pensèrent-ils.

Malgré le trouble qui l'avait envahi, celui-ci ne tenta pas de se dérober, les attendit et les fit entrer. Il les salua. Ils lui rendirent son salut et se turent, laissant Marco dans une profonde gêne. Il resta assis un moment auprès d'eux, silencieux, le regard lourd. Son visage était plus que jamais marqué par ses abus et ses souffrances.

Puis, François ne put s'empêcher de lui assaisonner une verte réprimande pour lui indiquer dans quelle merde il avait laissé tous les collègues sur ce coup. Il releva la tête pour répondre :

— Toi aussi, tu t'y mets ! Aucun reproche ne filtrait dans sa voix. Juste de la lassitude. Marco était au bout du rouleau. Écoutez-moi… Depuis ce constat d'échec, pas une minute ne s'est passée sans que je me dise qu'il fallait que je fasse quelque chose. Je ne savais pas quoi. N'importe quoi… j'en étais là à me ronger la tête. Voilà. Et, plus on est affaibli, plus on devient con… On n'est jamais aussi fort que lorsque l'on se bat pour quelqu'un et moi, je ne me bats plus pour personne. Vous comprenez ?

Puis, il s'enferma dans son mutisme. Après plusieurs sommations itératives de François pour détenir des explications, il se contenta de hocher la tête, les yeux dans le vague, sans répondre, tentant de chasser la tristesse qui l'envahissait et l'angoisse qui le submergeait. Il avait tenté de se raidir mais, en réalité, il se recroquevillait sous le regard de François. Il avait l'air épuisé, comme si son énergie vitale l'avait déserté, fuyant par une plaie ouverte.

Il devenait inutile de s'acharner sur lui. Ils ressentirent une méfiance de sa part que Phil tenta d'exorciser. Il n'aspirait pas le moins du monde à le menacer. Il proposa la discussion. Pour y parvenir, il commença par lui raconter ce qui s'était passé à l'hôtel de police depuis sa disparition, rappelant au passage les inconvénients de ses actes pour lui et, aussi, pour eux.

Marco regretta aussitôt que son comportement puisse ainsi avoir des conséquences sur eux. C'était bon signe. Visiblement, il n'avait pas songé, par son attitude, à leur causer un préjudice. Il venait de réaliser cette éventualité, semblait-il, à l'instant seulement. Face à ce nouvel aspect de la situation, il se délita alors complètement. Ce n'était pas que de solitude dont il souffrait mais de déréliction. Il se sentait abandonné, condamné d'avance par tous. Il se mit à parler tristement, comme pour lui seul d'abord. L'abandon par sa famille et ses collègues ensuite, sa mise au rencard, le refuge dans l'alcool, cette descente que rien ne pouvait arrêter. Il expliqua qu'il s'en était suivi de longues périodes de tourment durant lesquelles il était passé de la lâcheté absolue à la régression, puis au cynisme désabusé.

Un silence lourd lui apporta un peu de tranquillité,

mais une lutte intérieure devait se poursuivre dans son esprit. Et, à un moment, des larmes glissèrent sur son visage partiellement cyanosé.

Sa fragilité aiguisait l'ambivalence qui devait le torturer sans cesse. Il considéra, tour à tour, ses deux collègues et répondit, en s'exprimant sans détour, qu'il était sincèrement désolé de cette situation et qu'il voulait bien tenter par tous les moyens de les aider, reconnaissant qu'il leur devait bien ça.

Ces dernières paroles les touchèrent et les plongèrent dans la perplexité. Ne l'avait-il pas trop vite mal jugé ? Ce ressentiment envers lui était-il fondé ? François regrettait certaines de ses paroles précédentes… trop propitiatoires, trop dures.

Les bases d'une discussion furent enfin posées. La première étape pour Phil consista à tenter de lui faire avouer qui l'avait renseigné sur cette affaire. Il objecta fermement, dans un premier temps, refusant de donner le nom de son indic. Pour Phil et François, tout reposait sur cette information. Il devenait de plus en plus évident qu'il s'agissait du seul lien permettant, peut-être, de remonter quelque part… Devant le mutisme de Marco, François prit le relais.

— Écoute Marco, peu importe ce qui s'est passé. Nous continuons à vouloir t'aider. Nous sommes seuls à pouvoir le faire, ne laisse pas passer cette opportunité, cette fois.

— Non, c'est foutu, je suis foutu, définitivement foutu…

— Non, c'est faux. Pour l'instant, tu es couvert par ton arrêt de travail, il n'y a pas de faute professionnelle. Que dirais-tu de nous aider à boucler cette affaire et ensuite de faire une cure de désintoxication pour te retaper et te donner une chance de repartir ? Je sais que c'est rude ce que je viens de te dire, mais je ne peux pas pratiquer la langue de bois. Derrière, nous travaillerons ta hiérarchie au corps et tu peux t'en sortir, promis !

Son esprit brumeux devait tenter vainement de comprendre le geste d'aide qu'esquissait François. Phil revint à la charge, doucement, pour lui faire révéler le nom de son indic. Après un long silence, il finit par lâcher :

— C'est une jeune femme.

Un espoir revenait.

— Marco, il faut donner pour recevoir, tu sais, mais après on se sent mieux, poursuivit Phil pour l'encourager. L'amitié et la confiance, pour nous, c'est une rue à double sens…

— Il s'agit d'une femme qui sert dans un bar de nuit à Recouvrance. Ce n'est pas vraiment une indic d'ailleurs. Tout est arrivé par hasard. Un soir, en prenant un verre à son bar, je discutais avec un ancien indic de ma connaissance pour tenter de savoir s'il avait des informations sur les braquages qui se multipliaient sur Brest. Celui-ci ne savait rien. Et, je ne sais comment, elle a pu surprendre notre conversation, toujours est-il que, lorsque je me suis retrouvé seul quelques instants, elle s'est approchée discrètement de moi et elle m'a glissé qu'elle pouvait peut-être m'aider sur ce coup…

De s'exprimer lui permettait de se détendre un peu.

— De quelle manière ?

— Elle prétendait qu'elle en avait entendu parler et qu'elle pouvait peut-être se renseigner. Elle m'a proposé de revenir le lendemain soir. C'est ce que j'ai fait et c'est là qu'elle m'a fourni les infos que je vous ai communiquées. Je n'ai rien inventé, vous savez. Moi, j'y croyais à mort à ce tuyau mais, comme d'habitude, je rate tout, alors, là aussi, j'ai foiré… Et maintenant, une fois de plus, je suis dans la merde. Et pire, j'entraîne ceux qui veulent m'aider avec moi…

— On va t'en sortir. Garde confiance en nous… Et tu l'as revue depuis ?

— Oui, à plusieurs reprises et, à chaque fois, elle me confirmait les mêmes renseignements. Et vous ne me croirez pas si je vous disais que, pour le braquage des cigarettes, elle m'en avait parlé et m'avait même décrit le grand noir qui allait intervenir. Elle m'avait signalé qu'il ressemblait au policier qui joue dans une série télévisée. Alors, après l'agression, quand vous m'avez confirmé cette précision, j'ai vérifié la valeur de mon information, vous comprenez ?

— Évidemment…

— Je n'arrive pas à savoir ce qui se passe. D'un côté, je pense détenir tout ce qu'il faut et, d'un autre, je m'aperçois que je ne possède rien. Je ne pige plus rien dans cette affaire…

— Et tu es sûr de tout ça ? Tu ne nous racontes pas des bourres ? Tu ne nous mènes pas en bateau ? Tu ne te fais pas un cinéma ?

— Phil et François, vous avez ma parole. Je vous le jure sur la tête de mon fils…

La valeur de sa déclaration ne semblait pas pouvoir être contestée. Le ton était ferme, assuré et n'avait jamais paru aussi sincère, on ne pouvait le mettre en doute.

— Bon d'accord. Tu vas nous dire précisément qui est cette personne. Tu ne te montres plus et nous, nous allons la filer. Elle va bien nous mener quelque part ! On garde l'info pour nous et on va tenter le coup en parallèle.

— Mieux ! surenchérit François. Tu vas lui donner une fausse info.

— Mais, comment ?

— C'est simple. Tu restes ici. Pendant ce temps, nous nous rendrons jusqu'à son bar. Phil y rentrera pour y consommer. Moi, je resterai dehors et quand nous serons en place, je t'appelle pour que tu lui téléphones afin de lui donner le tuyau percé. Nous allons bien voir comment elle va réagir. Qu'en penses-tu ?

— C'est un peu dégueulasse, elle n'y est pour rien, cette petite. Elle a simplement voulu m'aider… Je ne veux pas la fiche dans la merde aussi avec mes conneries.

— Pense que c'est peut-être l'inverse et qu'en fait, c'est elle qui te fiche dans la merde et jusqu'au cou ! Phil venait d'opter pour un truisme afin de le convaincre.

— Non… je ne peux pas y croire. Dans sa voix, il n'y avait ni colère, ni reproche, seulement de la fatigue.

Après plus d'une heure de discussion, quelques bières et cigarettes, Marco dévoila enfin tous les renseignements sur son indic.

Ils profitèrent alors de la situation pour mettre immédiatement leur plan méticuleusement au point. Il s'agissait à présent de s'occuper de cette affidé improvisée à l'origine des informations de Marco.

Dans l'heure suivante, Phil était accoudé nonchalamment au comptoir dans un bar où les filles asphyxient de faux baisers les marins ou les hommes en manque d'affection et de contacts féminins. François se tenait dans sa voiture, en surveillance. Il donna le signal à Marco pour téléphoner de son domicile. La jeune femme devait avoir trente-cinq ans environ. Brune aux cheveux mi-longs, elle était plutôt mignonne, mais du genre à ne pas avoir froid aux yeux. Elle décrocha rapidement dès la première sonnerie. La fausse information communiquée, la jeune femme parut très gênée. Elle tourna en rond quelques instants derrière son bar, semblant hésiter sur le comportement à tenir, très préoccupée. Puis, elle se décida et sortit précipitamment pour téléphoner à la cabine publique située sur la place, juste devant le bar. Cette attitude ravit Phil et François. Ils tenaient bien là un premier maillon, c'était sûr, cette fois. Dès qu'elle rejoignit sa place au bar, François appela la sécurité de nuit de France Télécom pour signaler qu'il allait effectuer une réquisition, dès le lendemain matin, afin de connaître le numéro appelé de la cabine téléphonique publique. Il donna l'adresse, l'heure de l'appel et le numéro téléphonique de la cabine qu'il était allé relever. Sans plus attendre, l'homme se mit au travail pour répondre à la réquisition. La pluie avait cessé et laissé un souffle de bruine froide sur la ville.

Phil rejoignit François. Ils appelèrent Marco, lui rendirent compte, lui demandèrent de rester dormir et de ne plus sortir de chez lui. L'important dans ce qui venait de se passer avait été de planter la banderille et, pour prolonger la comparaison tauromachique, de voir où allait les mener le taureau, à savoir la jeune femme. La plaisanterie plut à Marco. Il réalisait que Phil et François, plus que jamais, faisaient tout pour l'aider. Il reprenait confiance. Cette action l'avait sorti de son atrabile. Si seulement il pouvait tenir le coup encore un peu ! pensèrent les deux OPJ. Les jours à venir allaient être décisifs. Ils resteraient en relation avec lui. Ils l'encouragèrent au maximum au téléphone sans le flagorner inutilement.

Il était plus de deux heures du matin. Ils rentrèrent se coucher, heureux de cette nouvelle tournure des événements, considérant qu'ils venaient de gagner dix points d'un coup dans les sondages ! Leur cote allait remonter auprès de la direction. Néanmoins, ils décidèrent, pour l'instant, de garder le secret sur cette affaire. Ils devaient bien se caler, dans un premier temps, avec Saliou… Mais chaque chose en son temps, jugèrent-ils.

Les rues de Brest étaient luisantes et les rares voitures qu'ils croisèrent traînaient un brouillard de brume avec elles, encrassant au passage leur pare-brise. Ils regagnèrent silencieusement et rapidement leurs chambres d'hôtel, impatients de retrouver leur lit et de se reposer.

Quand ils finirent par sombrer dans le sommeil, toutes ces informations étranges avaient déserté leur esprit pour laisser place à un repos bien mérité.

VIII

Mardi 27 septembre.

Le vent de la nuit n'avait pas suffi à chasser les nuages et, ce matin encore, comme sur tout le pays à présent, une pluie oblique et cinglante s'abattait à nouveau sur Brest.

Quand ils quittèrent leur hôtel, les trottoirs étaient transformés en torrents. Pas une âme dans les rues. Sous ce ciel fuligineux, l'obscurité s'accrochait encore, accompagnée d'effluves fétides montant des bouches d'égout. Phil observa un vol de mouettes qui s'élançaient mollement, s'efforçant, en vain, de faire front contre les rafales. Le jour luttait pour prendre sa place.

Phil et François se sentaient prêts, eux aussi, à reprendre la leur. Au cours du petit déjeuner, ils avaient décidé du *modus operandi* qu'ils allaient utiliser pour gérer l'enquête avec les collègues, tout en suivant leur nouvelle piste. Ils pensaient déjà que la fille du bar allait être pour eux une matriochka, une de ces poupées russes qui contiennent, quand on les ouvre, plusieurs répliques gigognes. Ils pressentaient que l'enquête cette fois allait se démultiplier en de nombreuses pistes apparemment différentes, mais pourtant, menant toutes vers le même but.

Ils retrouvèrent leurs collègues et entreprirent de poursuivre le travail fastidieux des réquisitions. Phil et François s'arrangèrent pour retrouver Saliou quelques instants à son bureau, discrètement. Sa première question fut :

— Vous avez du nouveau pour Marco ?

Visiblement, cette situation le désolait tout autant qu'eux, malgré la rudesse des propos qu'il avait pu tenir à son encontre les jours passés.

— Oui, il va mieux, répondit François. Nous avons pu le rencontrer hier soir. Il vient de vivre un passage à vide. Ce n'est pas le moment de l'enfoncer davantage, essayons encore de lui tenir la tête hors de l'eau…

Ces paroles ne semblèrent pas obtenir un prompt et total soutien de la part de Saliou qui se contenta de dodeliner de la tête, sans préciser sa pensée. Phil rajouta :

— Malgré “sa tête dans le sac”, il s'est finalement décidé à nous donner les renseignements concernant son indic et, peut-être, à ouvrir une petite porte dans cette affaire. D'ailleurs, France Télécom attend notre réquisition pour nous fournir des renseignements.

Phil lui précisa, dans le détail, leur action de la nuit passée.

— Si je comprends bien, Marco, tel un enquêteur obsessionnel, un Sherlock Holmes ou une Miss

Purple, poursuit sa recherche de la scène initiale qui permettra enfin de déboucher… Vous y croyez, vous ?

— Oui, plus que jamais ! Et, c'est tout ce que nous avons…

— Dans ce cas, allez-y ! Mais tenez-moi au courant. Nous avons déjà assez “merdé” dans cette affaire.

Phil et François poussèrent un grand ouf de soulagement en reprenant leur place au bureau. Tout n'était pas rompu entre eux quatre. Le ressentiment de Saliou à l'encontre de Marco leur parut moins profond qu'ils ne l'avaient craint à un moment.

Les formalités furent traitées immédiatement avec France Télécom. La jeune femme du bar avait appelé un portable. L'opérateur de la sécurité avait eu le temps de pousser les recherches et put fournir l'identité de l'abonné. Mieux, l'appareil se trouvait, selon l'émetteur des antennes, dans la zone industrielle du côté de Kergaradec, au nord de Brest. Restait à vérifier qui était cet homme, ce qu'il faisait à cet endroit, à cette heure, où il habitait… bref, la routine. Ils remontèrent l'information à Saliou qui chargea aussitôt de cette mission un binôme de son service. Deux axes de recherche se mettaient en place en même temps, dans deux directions différentes. D'un côté, la piste de Marco et, de l'autre, celle de l'OCLDI. Phil et François devaient effectivement poursuivre leur travail aux côtés de leurs collègues de l'OCLDI. Dans l'après-midi, ils reçurent les premières informations des réquisitions. Commença alors le lourd travail d'épluchage des écritures administratives en tous genres. Il s'agissait de repérer les anomalies comportementales sur les comptes des personnes concernées : grosse remise de chèque ou d'espèces, écritures curieuses… Côté cartes SIM des portables, que disaient-elles ? Itinéraire des utilisateurs, provenance des appels reçus, des appels émis, vérification ensuite de ces abonnés… Ce travail engourdissait l'esprit de François, tandis que Phil s'y collait allégrement. Les deux premières affaires de Brest firent l'objet d'une attention particulière…

Le soir, au moment de se séparer, Phil et François se retrouvèrent dans le bureau de Saliou. Ce dernier semblait encouragé par la piste de Marco. Il avait également à cœur de gommer la récente contre-performance. Aussi s'accrochait-il à cette nouvelle voie. Son équipe venait de rentrer.

Saliou s'installa à son fameux tableau de papier pour noter les premiers résultats des investigations.

La serveuse du bar était une dénommée Marine Le Bars, trente-six ans, domiciliée du côté du Parc d'Éole, dans le quartier de Coat Tan.

L'abonné du portable appelé la veille : Jacques Perrault, trente-sept ans, même domicile, salarié à la SELBN, la Société d'Entreposage et de Logistique de Brest-Nord, une grande plate-forme au service des transporteurs.

Il allait falloir aussi se renseigner pour connaître

l'identité des salariés de nuit de cette entreprise et l'organisation des équipes, et ceci avec la plus grande discrétion.

Qu'un salarié de nuit d'une entreprise d'entreposage et de logistique puisse être concerné ou impliqué était de bon augure. Cette fois, il devenait possible de penser que cette société pouvait jouer un rôle dans les affaires de braquage, éclairant du même coup l'absence de résultat sur le port. Il était évident que ceci ne représentait, sans doute, qu'une minuscule partie émergée de l'iceberg et qu'il fallait découvrir à présent ce qui était immergé et ce n'était pas la plus mince affaire !

Saliou et son équipe allaient se charger, dès le lendemain matin, de mettre sur écoute le téléphone du bar, la cabine téléphonique située juste en face, le portable de Jacques Perrault ainsi que le fixe du couple formé par la serveuse du bar et le salarié de la SELBN. Il allait bien en ressortir quelque chose dans les jours à venir…

Phil et François filèrent ensuite chez Marco pour le soutenir et le tenir informé. Ils lui proposèrent de s'arrêter chez un traiteur pour amener de quoi dîner ensemble.

En arrivant, ils le trouvèrent changé. Ayant visiblement moins bu et s'étant reposé, son visage semblait plus grave. Bien des préoccupations devaient lui passer par la tête. Nul doute que, tout au long de la journée, son esprit s'était livré à une bataille intense. Ses yeux avaient des reflets plus métalliques, mais il portait du désespoir dans la voix comme si une immense lassitude l'envahissait.

— Alors ? demanda-t-il, vous avez des renseignements ? Il avait parlé avec un accent guttural en affectant une bonne humeur.

— Oui, répliqua Phil, avec le sourire.

L'espoir reprenait corps. Ils se considérèrent un instant en silence, incapables d'évaluer la distance qui les séparait. Phil et François comprirent que la situation de Marco était si tragique qu'ils en furent atterrés. Il leur suffisait de l'observer durant quelques secondes pour voir à quel point ce devait être dur pour lui. La bouffissure de ses traits, son teint à présent hâve et son regard triste témoignaient de sa difficulté à surmonter son épreuve. Plus que jamais, Phil et François se promirent de toujours faire en sorte que subsiste en eux une petite étincelle d'humanité et d'altruisme. Ils le soutiendraient quoi qu'il décidât.

Ils lui racontèrent leur journée puis partagèrent ce qu'ils avaient apporté. Au moment de se séparer, Phil et François devinèrent une immense reconnaissance dans les yeux de Marco et ceci les encouragea plus que jamais. Sur le chemin du retour, la pluie avait définitivement cessé et le vent était tombé. La nuit flottait funestement, comme un suaire, sur la ville. En arrivant dans leur quartier de résidence, la silhouette noire des bâtiments entourant leur hôtel se découpait dans cette lueur sépulcrale.

*
* *

Mercredi 28 septembre.

Ce matin-là, le bas de la ville de Brest avait retrouvé sa clarté, le ciel était complètement nettoyé de ses nuages.

— Je sens que la journée s'annonce bien, lança François, *in petto,* en sortant de l'hôtel.

Phil approuva de la tête d'un sourire entendu.

Curieusement, la tristesse de ces derniers jours s'évaporait. Le temps y était-il pour quelque chose ? se demanda-t-il. Après quelques politesses d'usage échangées avec leurs nouveaux collègues, ils prirent un café en commun et se remirent à leur besogne.

Rien ne semblait véritablement transpirer pour l'instant de l'immense amas d'informations qu'ils compulsaient sans faiblir. Un nouvel arrivage venait en accroître le tas pour la journée.

Ce fut encore une journée perdue de ce côté.

Le soir, ils retrouvèrent Saliou et son équipe pour en savoir plus sur la piste de Marco. Les postes téléphoniques sur écoute avaient fonctionné. Ils vérifiaient avec France Télécom l'identité de tous les abonnés en relation avec ces appels. Les réponses ne seraient disponibles que le lendemain. Ils se contentèrent d'appeler rapidement Marco, sans lui rendre visite, car rien ne le justifiait. Il semblait tenir le coup. Ils dînèrent rapidement et chacun rejoignit sa chambre d'hôtel.

Phil décida de reprendre, pour se changer les idées, l'épais ouvrage confié par Saliou. Page après page, il plongea dans l'histoire de la ville de Brest et ses yeux fatigués glissaient de date en date, s'attardant sur l'époque du Second Empire qui fut une période faste pour la ville appelée à devenir “la Marseille de l'Océan”. Mais cet espoir fut remis en cause par des contretemps de toutes sortes jusqu'aux approches du premier conflit mondial… Puis il chercha à savoir d'où venait l'expression « Tonnerre de Brest ». Il le découvrit enfin : il s'agissait de deux canons noirs qui tonnaient autrefois pour prévenir les habitants de l'évasion d'un bagnard. Les gitans stationnaient toujours non loin de ces canons car ils percevaient une prime s'ils parvenaient à retrouver le bagnard évadé…

Vers onze heures, il décida enfin de se coucher. Il écoutait les rumeurs de la ville endormie s'écouler tranquillement au rythme de la circulation de plus en plus rare. Le sommeil et l'épuisement frappèrent à sa porte emportant avec eux les nouveaux espoirs de rebondissement dans l'enquête et la magie du récit de l'histoire de la ville…

IX

Jeudi 29 septembre.

Au fil des jours, les rapports se détendirent de plus en plus avec leurs nouveaux collègues de l'OCLDI. Phil et François avaient décidé de reconnaître leurs spécificités, acceptant, en façade tout au moins, l'intérêt incontesté que présentait leur structure de recherche dans le démantèlement des réseaux de délinquance qui se développaient ici ou là, ceux-ci pouvaient se montrer intarissables, pour peu qu'on leur en donnât l'occasion.

Le grand patron débarqua de façon impromptue. Le regard sombre, l'œil mauvais, lançant un regard comminatoire aux équipes. Il venait de faire l'objet de remarques particulièrement acerbes de la part de sa hiérarchie qui commençait à s'agacer sérieusement de ne pas avoir de remontées significatives, au vu du nombre de personnes mobilisées sur ces affaires. Il harangua à son tour les officiers qui se tenaient devant lui. La surprise les laissa interdits. Il n'était pas contestable que le patron souhaitât offrir à ces parangons de la justice, une ville en ordre, sans doute à l'image "d'un Sarko à la Courneuve" ! Néanmoins, les membres de l'OCLDI réagirent aussitôt, d'un ton péremptoire, lui demandant de faire remonter que toutes les équipes travaillaient, mais que, pour ce minutieux travail de fourmi qui payerait, sans aucun doute, il leur fallait du temps. Les échanges furent vifs, brefs. Le patron se sentit rapidement en position de faiblesse, impatient de mettre un terme à la séance de ping-pong verbal, il regarda sa montre avec ostentation, puis décida brutalement de quitter les lieux sans autre commentaire. Son visage reflétait un profond désarroi.

Le résultat immédiat fut que les équipes cessèrent de travailler pour se diriger vers le distributeur afin de prendre un café. En revenant à leur bureau, ils rendirent visite à Saliou. Ce dernier, visiblement, avait reçu, juste avant, la même visite, tout aussi peu amène… mais, étant seul, il avait pris toute la charge pour lui et il en était encore tout recroquevillé au fond de son siège ! Partiellement remis de ses émotions, il se contenta de réagir par antiphrase pour retrouver une certaine sérénité devant ses équipes. Néanmoins, lorsqu'il secoua la tête, Phil crut, pour la première fois, percevoir derrière ses yeux baissés de la colère ainsi qu'un sentiment de rancœur. Puis ils se remirent tous au fastidieux travail de pointage.

Le soir venu, les équipes parties, Phil et François rejoignirent le bureau de Saliou afin de connaître les dernières évolutions du suivi des écoutes mises en place.

Hélas, de ce côté-là aussi, les choses traînaient. D'un commun accord et afin de permettre à Marco de "se refaire une santé", il fut décidé que Phil et François se rendraient chez lui pour y passer la soirée en apportant de quoi se restaurer…

Marco les attendait, ravi. Il semblait se porter de mieux en mieux et, surtout, faire face à ses démons, en respectant ses engagements de ne pas se laisser aller. Ceci ne consistait pas à ne plus boire, mais à boire moins, ce qui était déjà une première étape. Il bénéficia du compte rendu détaillé de ce qui se passait à l'hôtel de police. Pour la première fois, ils rirent de bon cœur ensemble. Marco faisait plaisir à voir. François commençait à caresser le secret espoir qu'il était peut-être sauvé, même si, bien entendu, le chemin à parcourir restait encore très long et semé d'embûches. Mais, pour l'instant, les progrès étaient en cours.

Ils commentèrent les espoirs formulés sur les résultats des écoutes téléphoniques attendus pour le lendemain. Il ne faisait aucun doute que ceux-ci finiraient bien par payer et que l'heure de l'action allait venir : « *Faut-il qu'il m'en souvienne, La joie venait toujours après la peine…* * » comme disait Apollinaire, rajouta Marco.

— Exact, rajouta Phil. L'heure de notre bonheur approche. Le temps d'agir va frapper à notre porte !

Malgré l'absence de résultats, dans l'immédiat, une douce euphorie s'était emparée d'eux. Pour la première fois, Marco se confia, leur rappelant à plusieurs reprises la chance qu'il avait eue de les rencontrer, car depuis le départ de sa famille, il n'avait plus jamais concacré de temps à l'introspection, prétextant que ses activités professionnelles amputaient ses pensées, fort heureusement, croyait-il jusque-là. En réalité, elles nc lui servaient qu'à se noyer davantage encore.

Cet après-midi, au prix d'un effort surhumain, il avait même téléphoné à son fils. Il reconnut qu'il n'avait pas pensé que les mots fussent si lourds à prononcer, la situation si pénible à vivre. Mais… il l'avait fait et lui avait annoncé qu'il envisageait d'aller se soigner et qu'ensuite peut-être pourraient-ils se revoir de temps en temps, voire même régulièrement…

Contre toute attente, alors qu'il craignait un rejet sans condition, les mots de son fils l'encouragèrent et il lui confia qu'il acceptait bien volontiers l'idée de reprendre des relations… Ce fut la séquence émotion de la soirée. Marco pleura un long moment à chaudes larmes. Il s'était détourné un instant, baissant la tête. Son corps tremblait, secoué par des sanglots étouffés.

Toutes sortes de sentiments se bousculaient en lui ; la dominante affichait le désespoir. Pourtant, son esprit espérait encore, cherchant des issues, négociant avec Dieu, faisant des promesses. Il tentait par tous les moyens de se convaincre que tout était encore possible, qu'il avait vécu un mauvais rêve, un affreux cauchemar et qu'il subsistait encore un moyen de revenir en arrière.

Puis Marco soliloqua un long moment, évoquant qu'il lui était venu très souvent d'étranges pensées, imprévisibles, nées de l'inconscient ou de l'alcool, plutôt que du raisonnement. Aujourd'hui encore, malgré les années et tout ce qui s'était passé, elles pesaient toujours dans sa tête, dans son cœur, comme des rituels obsessionnels. Ces incursions oniriques restaient les seules à pouvoir satisfaire ses attentes, gardant pour un temps encore, la mémoire d'un passé joyeux comme un inépuisable réservoir. À mesure qu'il parlait, il s'encombrait d'une gaucherie qui n'avait d'égal que le trouble qui marquait son visage.

Lui qui avait été si fort, si entreprenant dans le passé, habitué à redresser les torts, s'était vu devenir un homme timoré hésitant, réduit à attendre que l'on trouve à sa place une solution à ses problèmes et se persuadant qu'au fil du temps, il devenait l'ombre de lui-même.

— Il faut faire une croix sur le passé pour assurer ton avenir, suggéra François.

— C'est toute la question. De quoi se débarrasser en passant le balai ?

Obsédé par ce qui n'était plus, il s'accrochait au passé, cherchant de l'espoir dans cette fuite multiforme et ne découvrant au final que des regrets dans lesquels il s'épuisait. Sa femme était partie depuis plusieurs années, mais elle revenait la nuit dans ses rêves. Il lui arrivait même, certains matins, de penser durant de longues minutes qu'elle était dans la cuisine en train de boire son café. C'était un cruel tour de son imagination. Puis, après de nombreux clignements d'yeux et plusieurs bâillements, il remettait les morceaux dans l'ordre chronologique pour trouver la force d'affronter le présent. Plusieurs questions le minaient, il se demandait parfois ce qui était pire : d'avoir perdu l'amour de sa vie ou de s'être rendu compte qu'elle ne l'avait peut-être jamais aimé. Lui, le gamin issu des quartiers des baraques ; elle, d'un milieu aisé… Lui, il avait dû trimer dur pour s'en sortir et réussir… Elle, tout lui était arrivé tout cuit…

Il devait dorénavant vivre sa vie dans l'instant. Ses propos puisaient leurs racines dans la conscience de sa solitude.

Phil et François en furent étourdis, presque comme on peut l'être en altitude. Ils n'avaient prononcé aucun mot et, pourtant, au fil des paroles de Marco, ils le découvraient jusqu'à avoir l'impression qu'ils se connaissaient depuis toujours. La parole reste souvent le premier obstacle. Marco venait de s'en servir comme pour commencer à exorciser le passé… Il faisait l'effort de se pousser hors de lui, d'interpréter les événements de sa vie, d'y trouver des raisons, des buts. Allait-il réussir à combler le vide si longuement et durement affronté jusque-là ? Ce contact avec ce fils qu'il adulait pouvait constituer un point d'arrêt à ses déambulations solitaires et éveiller en lui des émotions nouvelles. Il restait à son intelligence et à sa sensibilité de faire le reste. Le lendemain, il devait revoir son médecin afin de prolonger son arrêt de travail et il avait pris l'engagement de définir avec lui les conditions à envisager pour suivre une cure de désintoxication. Malgré cette enquête "partie de travers", les réprimandes et les mauvais points enregistrés à leur encontre par la hiérarchie, Phil et François étaient véritablement heureux tandis qu'ils rejoignaient leur hôtel, très tard dans la nuit. L'échec de leur enquête leur devenait subitement plus léger, voire minime, au regard de la dimension humaine qu'ils lui donnaient désormais. Et, si seulement elle ne permettait que de réussir à sauver Marco, ils vivraient en bonne conscience avec eux-mêmes et, dans le moment, c'était ce qui leur paraissait le plus important…

*

*   *

Vendredi 30 septembre.

Ce matin encore, l'aube répandait son ambre dans le ciel et Brest se nimbait de soleil. L'air devenait plus frais et, en sortant de leur hôtel, Phil et François se sentirent envahis par un froid, sans doute davantage dû au peu de sommeil de la nuit qu'à l'atmosphère humide.

Le vent cingla François, il remonta son col, rentra la tête dans les épaules. Une odeur de boulangerie et de pain frais flottait dans l'air sur leur passage. Il repensa à ces matins d'automne où il se rendait à pied à l'école primaire. Arrivés en haut de la rue, ils tournèrent à gauche pour descendre la rue Colbert jusqu'à l'hôtel de police. Un soleil pâle soulignait les froids contours de l'édifice.

Après l'incontournable passage au distributeur de café, ils se retrouvèrent à éplucher l'affaire de la SIA de Quimper dans le détail. Le dépouillement de celles de Brest n'avait rien donné.

En début d'après-midi, un des collègues de l'OCLDI s'exclama, laissant montrer sa joie :

— Hé, les gars ! Je crois que je tiens quelque chose !

Tous les hommes se précipitèrent autour de celui qui semblait avoir une révélation à faire.

— Regardez ! Je suis, depuis ce matin, sur son cas. Il s'agit du deuxième gardien de Quimper, pas celui qui a été victime du braquage, mais de son collègue. Jusqu'au casse, le fonctionnement de son compte se faisait comme une machine bien huilée. Quelques chèques, quelques paiements par carte bancaire et, chaque semaine, un ou deux retraits en espèces dans un distributeur de billets de banque. Rien de plus normal. Par contre, depuis cette date, moins de chèques, moins de paiements par carte et surtout, plus aucun retrait d'espèces !

— Bingo ! Nous y sommes enfin ! admit le responsable de l'unité de l'OCLDI. Puis, il rajouta : Vous avez entendu ? Ça ressemble au roulement de tambour avant le saut de la mort…

Dès lors, la hiérarchie fut informée et la traque allait pouvoir commencer : interrogation de tous les appels reçus et donnés par cet individu bien avant l'action et jusqu'à ce jour, téléphone sur écoute, suivi des faits et gestes et, sans tarder, perquisition et arrestation pour interrogatoire… À partir de là, l'espoir était permis de remonter le fil d'Ariane. L'ambiance venait de changer dans le bureau. L'excitation prit le dessus jusque dans la soirée, au moment de se séparer. Seule contrariété pour Phil et François, leur week-end était fichu, ils étaient fixés à demeure sur Brest…

Après le départ des collègues, Phil et François rejoignirent Saliou dans son bureau. Lui aussi détenait des informations intéressantes obtenues à partir du suivi de la serveuse du bar et de son concubin.

Tout d'abord, la SELBN, employait un deuxième homme de nuit, en alternance avec Jacques Perrault. Un certain Frédéric Winsalter, d'origine alsacienne, ayant déjà eu affaire avec la police pour des détournements de marchandise dans l'est de la France. Deux hommes revenaient le plus souvent ensuite, en relation téléphonique, deux frères, Jean et Paul Kerbleuzen, âgés respectivement de cinquante et un et cinquante-deux ans, nés à Brest. Tous les deux à la recherche d'un emploi. L'un, suite à un licenciement économique dû à la délocalisation de la production de son entreprise vers l'Afrique du Nord et l'autre, pour faute grave… Ce dernier point restait à vérifier. Tous les deux avaient des enfants majeurs qui n'étaient plus à charge et avaient quitté le domicile familial. Ces deux hommes étaient mariés à deux sœurs jumelles, Lydie et Claire Kerbleuzen, nées… Le Bars ! Quarante-sept ans, toutes les deux à la recherche d'un emploi, après avoir occupé, durant une trentaine d'années, un poste de manutentionnaire ou d'ouvrière spécialisée dans une entreprise de Brest qui avait disparu, victime aussi de délocalisation vers l'Afrique Noire. Il restait à creuser, à présent, le profil de chaque individu. Mais, déjà, le commissaire principal Saliou, avec son acuité habituelle, imaginait un syllogisme qui prendrait comme point de départ de la proposition majeure, la serveuse du bar, et pour conclusion, l'arrestation de tout le groupe…

Il devenait, désormais, impossible de conserver ces renseignements pour eux. À regret, ils décidèrent de jouer la transparence le lendemain matin. Inutile de reprendre un risque qui pourrait, cette fois, leur être fatal. Au fond, ils détenaient deux pistes qui, de toute évidence, pouvaient s'avérer complémentaires. La piste de Marco, située plutôt dans l'action lors des braquages, et la piste de l'OCLDI, plutôt pourvoyeuse d'informations, de quoi mettre toute la bande sous les verrous. La hiérarchie devait être informée. Il ne s'agissait pas de la jouer en franc-tireur comme cela pouvait se voir dans certaines mauvaises séries télévisées. L'organisation et la hiérarchie avaient ses règles qu'ils ne pouvaient enfreindre. Cependant, rien ne devait sortir du bureau jusqu'au lendemain matin. Saliou verrait avec le patron qui aviserait l'échelon supérieur. Quant à Marco, ils devaient le faire patienter jusqu'au lendemain, lui aussi. Ils lui téléphonèrent aussitôt pour lui indiquer qu'il ne serait tenu au courant que le lendemain. Ce dernier se montra enthousiaste, sa voix était pour une fois claire et pleine d'entrain. Il proposa même de revenir au travail, dès le lendemain, pour participer aux arrestations. François l'en dissuada, lui préconisant de rester sur le schéma retenu précédemment : prolongation de l'arrêt de travail et cure. Le cœur léger, Phil et François quittèrent l'hôtel de police de la rue Colbert. Ils décidèrent de changer de quartier pour dîner. Le temps s'était métamorphosé et le ciel devenait menaçant. En descendant vers le port de commerce, ils s'aperçurent que la rade s'était dissoute, avalée par la brume, la clarté avait disparu. Bientôt cette brume s'épancherait dans les rues et les boulevards de la ville. Le jour s'était caché derrière un voile de ouate opalescente. Entre terre et eau, l'estran avait disparu. Le ciel et la mer se confondaient. Mais, demain serait un jour nouveau, plein de promesses…

X

Samedi 1er octobre.

Une tempête avait été annoncée. Quand Phil tira les rideaux de sa chambre, il se mit devant la baie vitrée à regarder dehors d'un air contrarié. Il tombait une pluie obsédante. Tout s'évanouissait derrière ce voilage aquatique. Les gouttières se transformaient en canon à eau. Les caniveaux devenaient des torrents. Partout la circulation se faisait au ralenti dans un quartier sous narcose, le temps que le ciel termine de déverser son déluge…

En buvant leur café, Phil et François parcoururent les deux quotidiens régionaux. La une était consacrée à un train de mesures gouvernementales. Dans les pages locales, leur affaire avait totalement disparu, preuve, une fois de plus, qu'à chaque jour suffisait sa peine et que seul l'exceptionnel pouvait intéresser les médias.

Ils retrouvèrent les collègues de l'OCLDI. Ceux-ci paraissaient euphoriques. En effet, deux collègues avaient emporté les documents à examiner à l'hôtel et il leur semblait que le coéquipier du chauffeur tué sur l'aire de stationnement proche de Pont-de-Buis aurait, lui aussi, ralenti l'usage du chéquier et de la carte ainsi que les retraits d'espèces, mais d'une façon moins manifeste. Dorénavant, dans deux des affaires, deux hommes se trouvaient en ligne de mire.

L'équipe de l'OCLDI s'était mise en rapport avec le LATS, le Laboratoire d'Analyse et de Traitement de Signaux, une sous-direction de la Police Technique et Scientifique basée à Écully dans le soixante-neuf. Leur spécialité : téléphones mobiles, cartes SIM, journaux des appels, répertoires, SMS. Leur travail permettait de détecter les bornes activées à partir d'un téléphone portable. Mieux même, actuellement, ce service avait la possibilité de suivre en direct sur une carte un portable allumé. Les malfaiteurs, autant que les complices, n'avaient plus qu'à bien se tenir. Le filet était grand ouvert et allait inévitablement se refermer sur eux…

Quant à Saliou, il avait rencontré le grand patron très tôt ce matin et ce dernier était, en ce moment même, chez le procureur. Un SMS énigmatique avait été relevé la veille au soir en provenance de Jacques Perrault, le salarié de la SELBN, en destination du portable d'un des deux frères Kerbleuzen.

« *CJ Re P ré, K ce à K ler pr 2main.* »

La réponse fut simple : « *OK.* »

Nul doute qu'ils préparaient un nouveau coup, mais : lequel ? Où ? Quand ? Comment ? Que signifiait ce message ?

Lors de son entrevue, Saliou avait demandé des moyens humains pour surveiller les suspects et disposer d'équipes en état d'alerte pour intervenir à tout moment sur la zone urbaine. Cependant, si l'action du groupe ne se situait pas sur la ville, ils risquaient, une fois de plus, d'avoir une longueur de retard...

En cours de matinée, Phil tenta de joindre Marco pour s'assurer qu'il se rendait bien chez son médecin comme prévu. Mais son portable était coupé et le fixe de son domicile ne répondait pas. Il laissa un message pour lui indiquer que, dans l'après-midi, il rappellerait pour lui rendre compte de l'évolution de l'affaire car cela bougeait fort... Il lui indiqua fermement qu'il espérait qu'il se trouvait bien chez son médecin et qu'il allait opérer comme convenu.

À l'heure du déjeuner, pas le temps de se rendre au Montparnasse, ils se contentèrent d'un casse-croûte vite avalé ensemble au bureau. Pendant la pause-café, Marco avait laissé un message vocal sur le portable de François que celui-ci avait oublié sur son poste de travail. Les propos étaient clairs, il détenait sa prolongation d'arrêt de travail mais attendait pour la remettre car il voulait participer à l'action qui se mettait en place. Il souhaitait absolument être associé aux arrestations, le moment venu, pour se rattraper. Par ailleurs, le médecin faisait le nécessaire pour le faire admettre dans un centre spécialisé pour effectuer une cure de désintoxication, à l'issue de son arrêt...

François médita quelques instants sur ce message,

pensant, effectivement, que cette cure serait salutaire pour Marco. Il fallait le libérer de sa dépendance, lui apprendre à nouveau à exister.

Un cas de conscience se posait à François et il demanda à Phil de s'isoler avec lui, quelques instants à l'extérieur de l'hôtel de police, juste le temps de prendre un autre café au Montparnasse. Que faire ? Inviter officiellement Marco à les rejoindre ? Mais, il fallait en convenir avec Saliou. Le tenir à l'écart ? Comment vivrait-il cette situation ? Après avoir tourné le problème dans tous les sens, ils retinrent de s'accorder avec Saliou et d'arrêter ensemble la décision à prendre.

Saliou se posa aussi les mêmes questions. Après réflexion, ils convinrent de le tenir informé de tout et d'accepter sa collaboration car cela lui serait sans doute très bénéfique pour sa thérapie.

François fut chargé de se mettre en relation avec lui et de lui communiquer ces informations. En fin d'après-midi, il trouva un moment pour s'enfermer dans le bureau sordide et déserté par Marco, pour l'appeler. La première sonnerie à peine terminée, Marco décrochait, surprenant François par sa rapidité.

— Tu m'attendais ?

— Absolument. Alors, raconte ! demanda-t-il aussitôt à François, d'une voix enjouée. Il semblait excité par cette nouvelle tournure et de bonne humeur, prétendant même qu'il avait retrouvé sa pêche des grands jours.

— D'accord ! Mais avant, je tiens à te préciser qu'on vient de voir Saliou. Il te laisse le choix de décider : soit de venir nous rejoindre dès demain matin, soit de rester en arrêt, c'est toi qui vois !

— Comment il était, le patron ?

— C'est-à-dire ?

— Je veux dire, vis-à-vis de moi…

— Ouvert ! Comme nous tenons le bon bout de la corde à nouveau, il passera l'éponge sur bien des choses.

— Bon. Je serai des vôtres demain et on va se les chopper bien comme il faut, ces petits salauds ! On va les faire accoucher et fiche tout ce petit monde sous clef !

— Bien parlé Marco ! Je te file le nom des membres présumés de l'équipe et leur pedigree.

— OK. Vas-y, je note !

François énuméra dans le détail le nom des deux frères mariés avec les jumelles, celui de la troisième sœur, la serveuse du bar qui fut son indic, ainsi que de son copain et également celui du collègue de ce dernier à la société d'entreposage. Dans l'euphorie de la situation, il ne remarqua pas le changement de ton dans la voix de Marco. Ses silences. Sa voix embarrassée quand il lui fit répéter les noms des deux frères…

Mais, déjà, François poursuivait par les découvertes probables de complicité dans les entreprises faites par les officiers de l'OCLDI, des filatures mises en place et de la saisie des services du LATS… À cet instant, Phil vint faire des signes désespérés à François pour lui faire comprendre qu'il devait interrompre sa conversation et le suivre immédiatement…

— Bon, Marco, désolé, je dois te laisser, car il semblerait que ça bouge ! Je te dis donc à demain ! On compte sur toi ! Salut !

— Hum…

François avait raccroché aussitôt et suivait Phil dans le couloir pour rejoindre les autres, laissant Marco seul, face à son destin. Le combiné à la main, l'esprit de celui-ci était ailleurs. Il raccrocha finalement, en proie à un terrible cas de conscience… Des larmes lui piquaient les yeux. Il se répétait que toute sa vie avait été une vie de merde, pleine d'embûches et que ça continuait. Ça ne finirait donc jamais ? Les noms donnés par François le poursuivaient déjà, instillant inexorablement leur venin dans son cerveau.

En chemin, François, resté sur l'enthousiasme de Marco au début de l'entretien téléphonique, confia à Phil que ce dernier était prêt à aller de l'avant. Le fait de vouloir reprendre son travail pour conclure avec eux cette satanée affaire était de bon augure. Cette action ne pouvait que lui être bénéfique. Peut-être avait-il enfin décidé de ne pas prolonger sa souffrance plus longtemps et de se remuer pour se remettre en cause… pensèrent-ils.

— Alors, que se passe-t-il ? demanda François à Phil.

— Ça bouge, les deux frères viennent de quitter leur domicile en voiture, suivis de près des deux sœurs, dans un autre véhicule. Ils se dirigent vers le nord de la ville. Mais, un samedi et à cette heure, la circulation est dense. Ce ne sera pas facile de les suivre efficacement…

Quand ils arrivèrent dans le bureau de Saliou, ils apprirent en effet que les deux voitures avaient disparu. Le contact avait été perdu au rond-point de la place de Strasbourg où un bus avait été accroché par une voiture et avait bloqué le passage quelques instants. Juste le temps, pour l'équipe en chasse, de voir disparaître les deux voitures Route de Gouesnou. Impossible de les rejoindre ensuite…

Saliou fit appel à tous les moyens disponibles sur la ville pour localiser les deux voitures. La gendarmerie de Relecq-Kerhuon-Guipavas fut également mobilisée. Au vu de la direction prise, les deux véhicules pouvaient se diriger vers Gouesnou ou Guipavas, voire prendre la direction de la voie express Morlaix-Rennes.

Les heures défilaient, sans nouvelles. Les questions se multipliaient dans leur esprit.

Se rendaient-ils sur les lieux de leur prochain coup ? Peu probable : ils avaient toujours réalisé leurs agressions de nuit. Allaient-ils prendre position pour effectuer leur casse plus tard, dans la nuit ? Peut-être… Impossible de le savoir et encore plus de les situer.

Il fallait à tout prix retrouver les deux véhicules. Pour ce faire, des équipes en civil sillonnaient la zone commerciale, du parking du Centre Leclerc aux commerces des alentours où prédominaient les mêmes enseignes que partout ailleurs. La monotonie dans l'unité. Les patrouilles, en voitures banalisées, poursuivraient ensuite leurs recherches dans l'immense zone industrielle de Kergaradec.

N'y tenant plus d'attendre, Phil et François décidèrent de se rendre également dans cette partie de la ville, non tant pour les retrouver que pour être prêts à intervenir au moindre signalement.

Au moment où ils quittaient le parking de l'hôtel de police, ils entendirent sur leur radio de bord qu'un *car-jacking* venait de se produire dans le nord de la ville, du côté de la zone industrielle de Kergaradec.

Ce genre de méfait était plutôt inhabituel à Brest et plus généralement en Bretagne. Ce mode opératoire avait débuté en Italie. Il consiste à voler, avec plus ou moins de violence, un véhicule alors qu'il est occupé par son propriétaire et en circulation. En effet, le système sophistiqué d'anti-démarrage interdit aujourd'hui de pouvoir voler par effraction et d'utiliser un véhicule sans sa clef et sa télécommande.

La ruse et la violence sont donc devenues le meilleur moyen de s'emparer des voitures de luxe…

Cette nouvelle technique se développait surtout sur la Côte d'Azur, dans le Nord et dans l'Est de la

France non loin des frontières… et à Paris, bien entendu.

Cette affaire avait-elle un rapport avec celle en cours ? Rien ne permettait de le dire pour l'instant. Mais, une patrouille qui se trouvait tout à côté du lieu signalé allait le préciser d'un instant à l'autre. Dans la minute suivante, en effet, elle confirma que deux voitures, correspondant au signalement, avaient pris en sandwich un véhicule, heurtant par l'arrière un 4x4 de marque BMW X 5, noir, flambant neuf, à proximité du rond-point de Kervao en zone industrielle de Kergaradec.

Au moment où le chauffeur de la BM était sorti pour voir le conducteur de la voiture suiveuse et tamponneuse, un homme avait pris sa place et les trois voitures avaient démarré aussitôt, laissant l'infortuné propriétaire de la voiture volée sur le bord de la route.

Phil et François remontaient, au même moment, la rue Jean-Jaurès en direction de la place de Strasbourg, quand ils virent arriver en sens inverse une BMW X5 customisée, identique à celle décrite par la patrouille, équipée de vitres teintées en noir ne permettant pas de voir à l'intérieur. Ce modèle n'étant pas très courant, Phil profita d'un feu tricolore pour engager un demi-tour scabreux sur la rue et prendre en chasse le puissant 4x4 BMW. Ils n'eurent pas le temps de vérifier la présence des deux autres voitures. Ils ne voulaient plus quitter des yeux leur objectif qui les précédait à présent seulement de quelques voitures. Au feu suivant, Phil mit son gyrophare sur le toit et, toute sirène hurlante, emprunta le trottoir pour tenter de venir se mettre à la hauteur de la BMW et lui barrer la route. Mais, le chauffeur réalisa immédiatement qu'il devait être l'objet de la poursuite engagée par la police. Il démarra, ne se souciant plus des feux et créant une belle pagaille sur son passage.

La poursuite était lancée dans les rues de Brest.

La BMW X5 déboucha sur l'avenue Georges Clemenceau, prit à droite puis, un peu plus loin, à gauche dans la rue Duquesne et la rue Michelet. Phil tenait bon derrière et ne la perdait pas de vue… Ils roulaient Boulevard des Français Libres à présent et voilà que les fuyards empruntaient le pont de Recouvrance pour déboucher Place de la Porte. La circulation devint plus dangereuse ensuite et la voiture volée tourna à droite pour s'engager dans la rue de Maissin et, un peu plus loin, oh surprise, à droite encore pour prendre la rue de Saint-Malo.

Phil pilotait avec dextérité et François laissa éclater sa joie :

— Ils sont fichus, la rue est sans issue ! Je la connais, c'est une des plus vieilles rues de la ville, on les tient Phil !

Phil tourna à son tour dans la rue de Saint-Malo, ralentissant dans cette rue en pente. Tout en bas, la BMW X5 avait serré à droite au maximum et venait d'encastrer l'avant-droit du véhicule dans l'angle d'un mur en pierre, s'immobilisant définitivement. Phil s'arrêta prudemment à distance. Les deux OPJ sortirent de leur voiture, l'arme au poing. Ils firent les sommations d'usage. Personne ne répondit.

Ils s'approchèrent du 4x4 en restant protégés le long des immeubles d'où ils n'apercevaient qu'une partie gauche du véhicule. Ils crièrent aux badauds qui remontaient du bas de la rue de ne pas approcher et de se mettre à l'abri.

Les vitres étant tellement sombres qu'il leur était impossible de voir le nombre d'occupants de la voiture.

Le chauffeur était-il seul dans le 4x4 ? Était-il blessé ? Assommé seulement ? Les attendait-il, armé et prêt à tirer ?

François imposa à Phil d'être prudent. Ils devaient rester à l'abri dans le renfoncement d'une porte de logement et réfléchir quelques instants sur la conduite à tenir.

François, plus timoré, se souvenait du meurtre de l'aire de repos de Pont-de-Buis. Un de ces hommes avait montré qu'il était capable de tirer de sang froid, simplement pour se protéger... Si ce meurtrier était le chauffeur de cette voiture immobilisée, rien ne l'empêchait de recommencer, même contre la police.

Phil, plus impétueux que jamais, renouvela les sommations. Toujours pas de réponse. Il décida de courir se poster à l'arrière du haut véhicule et de s'accroupir au ras du sol. François le couvrait, mais ne distinguait toujours rien. Phil put utiliser la crosse de son arme pour faire voler en éclats la vitre arrière. François vint le rejoindre. Puis, s'étant entendus sur la façon d'agir, ils se présentèrent au même moment à chaque angle arrière du véhicule pour braquer le chauffeur et les occupants éventuels à travers la vitre brisée.

Rien. Personne. Il n'y avait personne dans le véhicule ! Ils s'aperçurent alors que le chauffeur, seul ou accompagné, était sorti par la portière passager et avait filé dans un chemin qui rejoignait un jardin à quelques mètres de là, pour s'évaporer ensuite dans la nature.

François et Phil ne purent retenir leurs jurons ; rouges de colère, ils venaient de se faire avoir par des personnes qui connaissaient parfaitement la ville et très précisément les lieux. Nul doute que le chauffeur avait dû prévenir ses complices pour qu'ils viennent le rechercher du côté de la rue Pontaniou, située au-dessus, et qu'il était possible de rejoindre à pied à partir du petit chemin perpendiculaire à la rue de Saint-Malo et obstrué par la BMW X 5. Ceux-ci pouvaient attendre tout près de la Porte du Carpon, l'une des principales entrées de l'arsenal de Brest et disparaître en toute tranquillité…

Il ne restait qu'à appeler Saliou et la fourrière pour récupérer la voiture à confier aux bons soins de la police technique et scientifique et entendre le propriétaire à l'hôtel de police... Leur colère et leur contrariété étaient à leur comble. Phil et François sentaient bien qu'ils s'étaient faits avoir de main de maître. Décidément, cette affaire leur apportait bien des déceptions !

Sur le chemin du retour vers l'hôtel de police, François appela Marco pour lui rendre compte des derniers événements, en pensant qu'il aurait peut-être réalisé le piège plus tôt qu'eux, connaissant mieux la ville. Mais le portable était coupé et le fixe semblait décroché, il lui fut donc impossible de laisser le moindre message...

*

* *

Samedi fin d'après-midi - Hôtel de Police de la rue Colbert à Brest.

L'infortuné propriétaire du véhicule volé était encore sous le choc, il attendait dans le bureau du commissaire principal Saliou.

Les présentations rapidement faites, Phil et François l'invitèrent à les suivre dans leur bureau pour enregistrer sa déposition.

Une fois installés, François proposa un café ou de l'eau à leur hôte tandis que Phil lançait son ordinateur.

— Un café, je veux bien. Sans sucre, s'il vous plaît.

Un gardien de la paix se chargea de leur apporter un café à chacun, leur permettant dans ce laps de temps de rassurer l'homme et de détendre un peu l'atmosphère.

Il dévoila son identité que Phil enregistra aussitôt. Puis, ils entrèrent dans le vif du sujet, invitant l'homme à leur raconter dans le détail la façon dont s'était déroulée l'agression.

— Je venais de quitter l'entreprise que je dirige. Il devait être dix-sept heures trente et quelques minutes… Le samedi, le personnel s'en va plus tôt et, exceptionnellement, ce jour-là, je ne traîne pas non plus. En arrivant au rond-point de Kervao, une voiture qui avait démarré devant moi un peu plus tôt, ralentissait fortement en se plaçant presque au milieu de la route, impossible de la dépasser…

— Vous voulez dire que la voiture qui circulait devant vous venait de quitter peu de temps avant un stationnement ?

— Oui, c'est cela. À la réflexion, je pense même qu'elle devait être arrêtée au bord de la route tout simplement car je l'ai vue démarrer devant moi, quelques centaines de mètres avant. Puis, juste en arrivant au rond-point, elle a pilé, me surprenant, car il n'y avait pas de circulation, rien ne l'obligeait à stopper brutalement. Je me suis arrêté *in extremis*. Et, à ce moment-là, j'ai senti un choc à l'arrière, j'ai compris que je venais d'être percuté, mais pas très fortement.

— Aviez-vous remarqué la voiture qui vous suivait ?

— Non. J'étais plus préoccupé par celle qui me précédait jusque-là. Vous imaginez ma fureur, cette voiture venait de m'être livrée voilà un mois et je ne roulais avec que depuis quinze jours, le temps d'apporter les modifications souhaitées à l'extérieur et de faire teinter les vitres en noir…

— Nous comprenons votre mécontentement. Votre véhicule était-il équipé d'un antivol ou de quelque chose de ce type ?

— Oui, bien sûr ! Un système de tracking y est installé d'origine par le constructeur.

— Pouvez-vous nous préciser de quoi il s'agit ?

— C'est un dispositif émetteur dissimulé dans la voiture qui signale sa position par le biais du GPS, couplé à un système empêchant de redémarrer le moteur. Mais je n'ai pas eu le temps de faire quoi que ce soit. J'ai d'abord appelé la police sur le portable que j'ai toujours sur moi. Elle est arrivée aussitôt. Je lui ai déclaré ce qui s'est passé. Dans les minutes suivantes, nous avions appris que vous la preniez en chasse. Sinon, j'aurais appelé ma centrale de sécurité sur mon portable et elle aurait pu activer les systèmes, mais cela aurait pris un certain temps, tout de même.

— Effectivement. Revenons au vol de votre voiture…

— Je suis sorti très en colère pour me rendre à l'arrière voir ce qui s'était passé.

— Aviez-vous coupé le moteur et retiré votre clef de contact ?

— Mais non, justement ! J'ai laissé le moteur tourner. Je me suis donné le temps d'évaluer ce qui s'était produit ; quitte à aller ensuite me garer un peu plus loin pour établir plus tranquillement un constat à l'amiable, ai-je pensé sur le coup. Vous comprenez ?

— Bien sûr !

— J'ai alors remarqué deux femmes à l'avant. Celle qui conduisait a baissé sa vitre et, au moment où je me penchais pour lui parler, quelqu'un s'est emparé de mon véhicule et est parti avec, probablement, le passager de la voiture de devant…

— Probablement ou certainement ?

— Je ne sais pas, je tournais le dos, mais comme il n'y avait pas d'autre véhicule, je me dis que c'était peut-être le passager. Toujours est-il, qu'en quelques secondes, les trois voitures sont parties… me laissant seul. J'ai aussitôt appelé la police, sa rapidité m'a particulièrement surpris d'ailleurs. Le policier a lancé le signalement dans sa radio et voilà, vous savez tout…

— Pourriez-vous décrire ou donner un détail sur les personnes présentes dans le véhicule vous précédant ?

— J'ai vu qu'il s'agissait de deux hommes, mais c'est tout, je suis parfaitement incapable de vous en donner le moindre signalement précis !

— Et des deux femmes de la voiture qui vous a percuté ?

— Non, pas plus. Elles étaient brunes… je crois… Tout s'est passé si vite ! Imaginez ! Je m'agace après la voiture qui me précède. Elle pile. Elle me met en colère et là, je suis percuté par l'arrière. Du coup, toute mon attention se porte sur le choc arrière et, au moment où j'arrive, tout le monde s'en va. Vraiment, leur manège était parfaitement au point, je vous le dis !

— Oui, nous le savons. Il s'agit d'une bande organisée. Nous cherchons à la coincer. Mais ses membres sont très pros et ont réussi à nous filer entre les doigts, pour l'instant. Mais, chaque jour, nous nous rapprochons d'eux et n'allons pas tarder à les arrêter.

Saliou arriva alors avec le message du SMS.

— Compte tenu de ce qui vient de se passer, nous pensons en avoir compris le sens, dit-il en entrant dans le bureau. Il pourrait s'agir de : *car-jackings repéré, casse à caler pour demain. (CJ R P Ré, Kce à Kler pr 2main).* Ce qui voudrait dire qu'ils voulaient voler cette voiture pour commettre un casse demain. Où ? Quel type de casse ? Là, mystère !

Phil se tourna vers le propriétaire de la BMW.

— Avez-vous, durant ces derniers jours, remarqué sur le parcours entre votre entreprise et votre domicile l'une ou l'autre des deux voitures qui vous ont pris en sandwich aujourd'hui ?

— Non. Ces voitures ne me disaient rien de particulier.

— En quittant votre entreprise, avez-vous eu le sentiment, d'avoir été surveillé, suivi…

— Non, pas plus. Mais, pourquoi mon domicile ?

— Parce que, de plus en plus, dans le nord de la France notamment, nous assistons à des *home-jacking*. Les voleurs, au lieu de procéder dans la circulation et de s'arranger pour faire sortir le chauffeur, voire parfois de l'éjecter sans ménagement du volant, suivent le véhicule et, la nuit, s'introduisent dans le logement, volent les clefs et partent avec la voiture. C'est moins traumatisant que d'être agressé physiquement, mais tout aussi contrariant…

— C'est incroyable, ces types ne doutent de rien. Nous ne pouvons plus être tranquilles ni en voiture ni chez nous !

— Nous sommes justement là pour y mettre un terme.

Ils restèrent quelques instants pour prolonger leurs questions et leurs échanges, sans succès. Le propriétaire de la BMW n'eut que la possibilité d'appeler son épouse pour qu'elle vienne le chercher à l'hôtel de police.

Il faisait nuit quand Phil et François quittèrent leur bureau. Plutôt que d'aller dîner, ils décidèrent de se rendre chez Marco. Il leur paraissait important qu'il sache ce qui s'était passé. Ils voulaient aussi se mettre d'accord avec lui pour le lendemain matin.

*
* *

Samedi soir - domicile de Marco.

En arrivant devant la maison, la voiture de Marco se trouvait correctement garée, mais aucune lumière ne filtrait. Se trouvait-il à l'intérieur ? Était-il sorti ?

François sonna. Pas de réponse. Il actionna la poignée, la porte s'ouvrit. Tout était éteint. Il alluma la grande pièce du bas. Une bouteille d'alcool traînait sur la table. Vide. François grimpa à l'étage tandis que Phil l'attendait.

Marco ronflait de façon particulièrement bruyante, allongé tout habillé sur le lit. Une bouteille de whisky vide gisait au sol sur la moquette.

François le secoua pour tenter de le réveiller. En vain. Une forte dose d'alcool l'avait plongé sous narcose. Que s'était-il encore passé dans sa tête ? Il était véritablement imprévisible. François redescendit pour retrouver Phil et lui expliquer la situation. Leur premier réflexe fut de tempêter après lui. Puis, le calme revenu dans leur esprit, ils durent bien statuer de la conduite à tenir.

François se proposa de rester dormir sur place dans le canapé du salon en attendant le réveil de Marco afin de faire le point avec lui coûte que coûte. Cette situation devenait de plus en plus insupportable. Il allait devenir impossible de le protéger indéfiniment.

François poursuivit son soliloque, faisant questions et réponses. Mais Phil sentait bien que son collègue cédait, comme d'habitude, à ses sentiments et à son penchant à vouloir toujours protéger le plus faible. Pour ne pas le contrarier, Phil se contenta de faire oui avec le menton puis un geste flou de la main gauche qui aurait pu signifier qu'il approuvait les propos.

Sans plus attendre, Phil sortit et prit la direction de son hôtel tandis que François s'installa tant bien que mal dans le canapé pour au moins une partie de la nuit.

François tenta de réfléchir sur ce qui avait pu se passer encore dans la tête de Marco. Il flottait entre sommeil et veille, dans cet état où, quelquefois, on trébuche et on tombe comme une pierre. Couché dans le noir, les mains derrière la tête, des bruits nocturnes lui parvenaient de la rue. Il se posait mille questions. Ses démons intérieurs avaient-ils repris le dessus ? Pourquoi s'était-il arrêté brutalement de lutter ? Une fois de plus, le passé constituait chez lui une ligne blanche continue, infranchissable. Mais pourquoi ? Puis il s'endormit.

François fut arraché de son sommeil par les pas de Marco qui venait de se lever. La pièce était plongée dans le noir et, pendant quelques instants, il ne sut ni où il se trouvait ni même qui il était. Puis il se crut chez lui jusqu'au moment où il constata qu'il ne reconnaissait pas les lieux.

Une lumière éclaira la cage d'escalier. Sa montre indiquait deux heures treize. François alluma à son tour au salon. Marco tentait péniblement d'emprunter l'escalier pour descendre.

Le teint gris, pieds nus, il portait une robe de chambre en laine bleu pâle. Il fut surpris par la présence de François.

— Mais... qu'est-ce que tu fiches là ? lui demanda-t-il.

— Merde, Marco, gronda-t-il. Bordel de merde ! Tu commences à nous emmerder sérieusement.

— ...

Marco s'immobilisa au bas de l'escalier, pétrifié. La bouteille de whisky vide dans une main et tenant la main courante de l'escalier, de l'autre. Mais déjà François poursuivait.

— Ça t'arrive de rester sobre ? Hein ? Ça t'arrive encore, malgré tes promesses de ne pas dépasser la limite du raisonnable ? Réponds-moi !

— ...

— Marco ? fit-il, d'une voix moins sévère.

Marco leva les yeux vers François qui décela sur son visage un mélange d'anxiété, d'incompréhension et de douleur. Puis, il bredouilla :

— Quelle heure est-il ?

— Deux heures et quart, lui répondit François sans regarder sa montre.

Marco avait complètement perdu la notion du temps. Il se sentait comme en état de choc, tant il était incapable d'aligner deux pensées cohérentes. Il surenchérit :

— Je ne comprends toujours pas ce que tu fais là.

François se contenta de lui lancer un regard réprobateur pour toute réponse.

Il remarqua alors, sur la table basse du salon, des photos éparpillées autour d'une boîte en carton qui avait dû contenir des chaussures. Parmi les nombreuses photos, il reconnut, au passage, celles de son ex-épouse et de ses enfants et bien d'autres datant de sa jeunesse, avec des copains sans doute. François aurait juré que Marco avait dû passer des heures à retourner le couteau du passé dans sa plaie béante. Il fallait à présent le sortir de là.

Le cerveau de Marco refusait de fonctionner. Il ignorait ce qui se passait et ce qu'il devait faire. Il ne cessait de se poser des questions auxquelles il ne pouvait trouver de réponse.

François adopta le ton de la douceur, de la confidence, de l'amitié.

— Mais, enfin Marco, qu'est-ce qui t'a encore pris ?

Marco le regarda comme si François venait de lui balancer la question la plus banale de l'histoire de l'humanité.

Après un long silence, François tenta de capter le regard de Marco pour tenter un dialogue.

Il aperçut alors des larmes qui coulaient sur ses joues. Sans le moindre son : ni pleurs, ni sanglots convulsifs, juste des larmes. Marco paraissait comme hors d'atteinte. Quelque chose l'avait éloigné. Il s'agissait de désespoir à l'état pur. On aurait presque dit une supplication. Sa tête vacillait, mise à mal par la cuite carabinée qu'il avait prise quelques heures plus tôt et l'arrivée imminente de la gueule de bois.

— Excuse-moi, François. Je vais tout te dire. Je n'en peux plus…

Sa voix rocailleuse s'était radoucie. Ce n'était plus qu'un homme brisé, avec l'air hagard de quelqu'un qu'on aurait frappé au ventre par surprise, sans qu'il sache pourquoi. Il évitait toujours le regard de François.

Marco lâcha la rampe et vint vers François en titubant avant de s'écrouler dans un fauteuil du salon. Son visage semblait particulièrement marqué par les stigmates de l'alcool et de la fatigue. Ses yeux tristes étaient pareils à ceux d'un cocker. Puis, il se fendit d'un léger rictus en remuant imperceptiblement la tête.

Le visage de François demeura totalement inexpressif.

— Je t'écoute Marco, je ne partirai pas d'ici sans tout connaître de cette situation.

Marco ferma les yeux et détourna la tête un instant. Mêlée au chagrin qu'il éprouvait, sa crainte d'affronter la réalité formait en lui un magma qu'il n'avait pas la force d'affronter. Puis il tenta de se redresser pour regarder son collègue.

François, en captant son regard, ressentit une certaine animation dans son esprit, de la vulnérabilité aussi, comme si un coup de plus allait le briser définitivement. Mais que s'était-il passé ? se demanda-t-il.

Enfin Marco se décida.

— Il faut que je te dise, François. Mais, tu vas me laisser m'exprimer jusqu'au bout sans m'interrompre, d'accord ?

— D'accord !

— Voilà. Je vais tout t'expliquer.

Il parlait lentement, d'une voix rauque, à peine audible, et François dut faire un réel effort pour l'entendre et comprendre ses propos.

Qu'allait-il apprendre ? Intrigué, il se pencha un peu plus près de Marco.

— Je t'écoute.

Marco ferma à nouveau les yeux et resta un moment silencieux, le visage ravagé par une douleur qui n'avait rien de physique.

Il ressentait une insupportable souffrance qui lui donnait envie de vomir.

— Quand je suis né, dans les années cinquante, j'habitais dans le quartier des baraques, une de ces cités provisoires créées pour héberger la population après le bombardement de la ville. Il existait alors vingt-cinq quartiers de baraques. Je n'ai connu que ça mais je m'y trouvais bien avec mes parents, mes frères et mes sœurs. Nous occupions une baraque en bois “française” de quarante-cinq mètres carrés, bien moins luxueuse et confortable que “l’américaine”. Elle se composait très simplement de trois pièces : une cuisine et deux chambres séparées par un couloir, plus un cagibi attenant faisant office à la fois de WC, de débarras et de réserve de charbon.

— Comment s’appelait ton quartier ?

— Le Polygone-Butte et, jouxtant celui-ci, il y avait celui du Point du Jour. Le Poly était divisé en parcelles rectangulaires de douze baraques et celui du Point du Jour en parcelles de six, délimitées par de petites routes mal goudronnées et parsemées de nids-de-poule. Dans le quartier, notre adresse se limitait à un ordre alphabétique et un numéro. La mienne se situait tout près de l’école primaire.

— Où se situerait-elle à présent ?

— Ironie du sort, j’y habite pratiquement puisque les emplacements du Polygone-Butte et du Point du Jour sont actuellement occupés par le centre commercial Carrefour et la partie haute du quartier de la Cavale-Blanche.

— Vous étiez nombreux dans le quartier à l’époque ?

— Trois mille habitants logeaient dans les deux quartiers à l’ombre de la butte… Mon père était un ouvrier, il était courageux et, avec ma mère, ils avaient aménagé la baraque : peinture, tapisserie, jardin devant. Et, en plus, ils avaient loué, en haut du Polygone, près du stade de la Légion Saint-Pierre, un jardin ouvrier pour cultiver des légumes et, lorsqu'on repérait un crottin de cheval, on se précipitait pour le ramasser sur la route pour en faire de l'engrais... Mais je n'ai pas de mauvais souvenirs. J'y étais heureux. Il y avait les copains. À cette époque, quand j'avais une douzaine d'années, les copains comptaient plus que tout, plus que la famille parfois. Nous formions des bandes. Je faisais partie de celle du Poly, la plus forte, la plus redoutée des autres quartiers.

François regarda sa montre et ne cacha pas son impatience.

— Écoute Marco, il est tard, tu ne vas pas passer la nuit à me raconter ton enfance. Si tu venais à l'essentiel ?

— J'y arrive. J'y arrive... En ce temps-là, il y avait des chefs de bande, j'en faisais partie avec deux copains. Notre trio était inséparable et nous avions juré, à la vie et à la mort, de ne jamais nous trahir, tu comprends, François ?

— Oui, et alors ? T'étais môme ! Et qui n'a pas fait ça à cette époque ?

— Oui, mais un serment c'est sacré... En primaire, nous étions tous les trois dans la même classe, puisque le grand frère de mon meilleur copain avait redoublé. J'avais plus de facilités qu'eux pour apprendre. Faut dire que ce n'était pas facile pour eux, leur père buvait et battait leur mère et, parfois, eux prenaient aussi une raclée sans vraiment de raison. Nous nous sommes encore suivis au collège puis nous

nous sommes perdus de vue. J'ai poursuivi mes études en pension. Dans les années soixante-dix, les quartiers des baraques ont disparu peu à peu, faisant éclater du même coup cet esprit de quartier, si fort jusque-là. Et puis la télévision a contribué à garder chacun chez soi aussi… En 1976, le Polygone-Butte et le Point du jour ont disparu à leur tour. C'est alors que j'ai rencontré celle qui est devenue ma femme. Elle n'était pas du même milieu et venait de "Brest même", d'une famille aisée. Je compensai la modestie de mes origines par mon dynamisme, mon charisme et ma réussite scolaire. Je revoyais toujours mes meilleurs copains. Puis, nos rencontres se sont espacées pour ne se faire qu'à l'insu de mon épouse qui m'interdisait de les revoir… Ils s'étaient mariés également et travaillaient comme ouvriers spécialisés en usine, mais ne se plaignaient pas de leur sort…

François ne put retenir un bâillement, n'ayant pas son compte de sommeil et la monotonie du soliloque de Marco n'arrangeait rien.

— Excuse-moi, Marco, mais l'heure tourne, tu sais…

— Mes deux meilleurs copains et chefs de bande avec moi, de Poly, c'était… Jeannot et Paulo… Jean et Paul Kerbleuzen…

Ceci réveilla brutalement François qui venait seulement de réaliser où Marco voulait en venir en partant de son enfance dans le quartier des baraques… Il en bafouilla :

— Jean et Paul Kerbleuzen ? Les Kerbleuzen qui nous intéressent ?

— Exactement ! Je savais qu'ils s'étaient mariés avec deux sœurs jumelles, mais je ne me souvenais pas de leur nom de jeune fille et la troisième sœur, la serveuse du bar, Marine Le Bars, je ne l'ai pas connue. Elle était trop jeune à l'époque, ce n'était encore qu'un bébé brailleur… Je n'avais pas fait le rapprochement jusque-là. Mais, quand tu m'as appris qui on devait arrêter… tu comprends, ça m'a mis un coup ! Les deux Kerbleuzen se trouvent là, sur les photos, sur la table de salon… J'ai repassé en revue ces photos depuis que tu m'as donné leur nom. J'avais beau tourner le problème dans tous les sens, je suis désolé, mais je ne peux pas faire ça… Notre serment tient toujours, c'est sacré… sacré… tu comprends ça, François ?

Ils gardèrent le silence un instant. Chacun réfléchissant sur la conduite à tenir. François parla le premier :

— Je comprends très bien tes états d'âme. Mais, tout de même, tentons de réfléchir ensemble…

— Je n'ai pas arrêté de réfléchir, depuis…

— OK, tu ne veux pas arrêter tes meilleurs copains d'enfance. Très bien, cette attitude t'honore. Intègre, tu ne veux rien faire contre eux. D'accord, mais eux ? Vis-à-vis de toi, est-ce que tu trouves qu'ils ont été corrects ? Hein ? Dis-moi !

— Non, bien sûr !

— Ah ! Alors ? La petite sœur était toute contente de t'avoir mis la main dessus et qu'est-ce qu'elle a fait quand elle t'a demandé de revenir le lendemain ? Hein qu'est-ce qu'elle a fait ?

— Ben… ch'sais pas !

— Elle s'est empressée d'aller tout raconter à ses sœurs et à tes deux copains. Devant cette aubaine inespérée, ils ont monté cette histoire de grand noir et de petit arabe ! Voilà ce qu'ils ont fait. Ils t'ont balancé un leurre et t'es tombé les deux pieds dedans et nous, tout aussi cons et naïfs, nous t'avons suivi. Voilà ce qui s'est passé et tu voudrais leur faire un cadeau maintenant en plus…

— Peut-être bien que ce que tu dis est vrai… Mais tout de même…

Marco tenta désespérément de réfléchir, même s'il sentait que François avait certainement raison, il ne voulait pas capituler ainsi.

L'image de ses deux meilleurs copains d'enfance et le souvenir de leurs serments de l'époque restaient intacts.

Comme toujours, le passé restait plus important et plus fidèle à ses yeux que le présent. L'alcool l'entraînant toujours dans cette spirale infernale de laquelle il n'arrivait pas à sortir…

Curieuse ironie du sort ! François considérait le regard douloureux de Marco et comprenait son chagrin et sa peine face au dilemme qu'il avait dû tenter de résoudre.

— Marco. Ne reste pas aveugle devant cette évidence. Que tu ne veuilles pas lever le petit doigt sur tes copains, d'accord. Je veux bien essayer de comprendre. Mais, je voudrais tout de même que tu réalises qu'eux ont brisé votre serment en se servant de toi, en te manipulant et tu as vu où ça a failli nous mener ! Alors, voilà ce que je te propose... D'abord, ton arrêt de travail a été reconduit pour combien de temps ?

— Ttt... Trois jours.

— Et après ?

— Mon médecin me fait entrer dans un centre spécialisé en désintoxication alcoolique...

— Bon. Tu vas me donner ton arrêt de travail, je l'emmène avec moi. Tu me donnes les clefs de ta voiture, je vais rentrer avec et la conserver. Toi, tu restes ici, tu dors, tu manges et tu ne bois plus, ou très peu, tu m'entends ?

Il approuva de la tête pour seule réponse.

— Tu nous laisses nous occuper de cette affaire et nous te tiendrons au courant, et dans trois jours nous venons te chercher pour te conduire à ton centre, d'accord ?

Le seul énoncé de cette solution qui ne l'engageait pas parut le soulager, constata François.

— Je m'occupe de tout auprès de Saliou.

Mais Marco écoutait à peine, l'esprit en proie à un douloureux débat intérieur. En secouant la tête, il marmonna à plusieurs reprises :

— Mais pourquoi ils m'ont fait ça… mais pourquoi ils m'ont fait ça ? Vraiment, je ne sais plus que te dire ni que penser…

— Marco, tu connais certainement cette expression : « Le sot parle, le lâche se tait, le sage écoute. » Alors, contente-toi de m'écouter et, tu verras, tout ira bien !

Apaisé, il haussa les épaules et hocha la tête avec une esquisse de sourire amer et nostalgique. Il n'y avait pas de méfiance dans ce regard, seulement de la tristesse. Il semblait se débattre entre le doute et l'envie de se souvenir, de retrouver les jours disparus.

— Tout de même… murmura-t-il, toujours aussi incrédule.

Il laissa la phrase en suspens, comme s'il avait peur de la compléter.

Ses mains tremblaient. Il chercha du regard son paquet de cigarettes et en alluma une, recherchant, dans la première bouffée, toute l'inspiration qui lui manquait. Puis, il laissa échapper un soupir que François ne put déchiffrer.

— Fais-moi confiance, surenchérit François. Nous allons procéder de cette manière et tout ira bien, tu verras.

Marco qui n'était plus jamais sûr de rien, même de l'heure, acquiesça.

Vivant depuis trop longtemps déjà dans un monde de monotonie, de nostalgie et de rancœurs cachées, bien qu'il le niât toujours catégoriquement, il se laissait prendre en charge.

François résuma la situation et ce qu'il convenait de faire et intima l'ordre à Marco d'aller se coucher. Ce dernier accepta et exprima le souhait de manger quelque chose avant d'y aller.

François, fidèle à son éternel rôle de Saint Bernard, se dirigea vers la cuisine, fit l'inspection du réfrigérateur, découvrit un steak sous vide, fouilla dans les placards, sortit des pâtes et, en quelques minutes, prépara de quoi restaurer Marco.

Ils n'échangèrent que peu de mots. Tout en le regardant manger, François ne put s'empêcher de lui répéter quelques recommandations. Marco l'écoutait-il seulement ? Et, même s'il l'avait entendu, comprenait-il tout ?

Au moment de se séparer, Marco ne paraissait plus accablé, mais avait l'air plutôt absent, comme s'il voulait offrir un visage impénétrable, vidé de ses émotions, tourné vers lui-même.

Peut-être avait-il pu, durant ce moment de récupération, se construire une petite cache intérieure pour se soustraire au désarroi de sa situation. Ou, plus simplement, avait-il remis à plus tard de sortir de ce dilemme où se mêlaient douleur et délivrance ? Il semblait détaché, comme si la souffrance qu'il avait endurée lui faisait voir le monde selon une optique nouvelle.

Moins d'une heure après, Marco était remonté se

coucher et François avait rejoint sa chambre d'hôtel, pressé de pouvoir dormir correctement le peu de temps qu'il lui restait.

Il n'oublia pas de glisser un mot, griffonné à la hâte sur une feuille, sous la porte de Phil, afin de bien attirer son attention et de lui donner rendez-vous à la salle du petit déjeuner pour le lendemain matin.

XI

Dimanche 2 octobre.

La nuit fut courte et perturbée pour François. En tirant les rideaux de sa chambre, il s'aperçut que la lumière de ce matin d'automne était belle. On était loin de ces automnes pluvieux que l'on pouvait imaginer pour Brest et qui débouchaient sur un hiver encore plus gris et maussade.

Les propos de François sur la tumultueuse nuit passée chez Marco animèrent le petit déjeuner pris en compagnie de Phil. La décision finale ne faisait aucun doute. Marco devait désormais rester en arrêt et en dehors de cette opération.

Phil, plus que François, détestait ces dimanches qui le retenaient par le travail, loin de sa famille. Il ne faudrait pas le chercher aujourd'hui… Le week-end, il se savait plus irritable.

En arrivant, les collègues de l'OCLDI discutaient avec Saliou. L'heure était à la concertation. Un effectif important se trouvait en mission de surveillance, d'une part sur les personnes suspectées de complicité et, d'autre part, sur les frères Kerbleuzen, les deux épouses, la sœur, son concubin, Jacques Perrault et, également, son collègue, Frédéric Winsalter de la SELBN. Bien entendu, à ces filatures s'ajoutaient les écoutes téléphoniques permanentes.

Le grand patron avait pu joindre le procureur en ce début de matinée de dimanche et venait les retrouver. Le coup de filet était décidé pour le lundi matin, heure légale. Les actions seraient concomitantes : arrestations suivies d'une perquisition aux domiciles des personnes concernées. Puis, mise en garde à vue de tout ce beau monde pour interrogatoire.

Tout au long de la journée, ils craignirent une fuite de certains protagonistes de l'affaire. Mais ce ne fut pas le cas, au contraire, ceux-ci paraissaient vouloir se terrer chez eux et ne pas se faire remarquer. Par contre, le téléphone continuait à bien fonctionner entre eux. Au travers des communications, il ressortait que le *car-jacking* avait été effectué pour servir de voiture-bélier afin de fracturer un commerce. Cette opération, initialement prévue durant la nuit de samedi à dimanche, était reportée *sine die* en raison du “contretemps”. Ils n'étaient plus, de ce fait, en mesure de fournir la marchandise annoncée… Ces informations paraissaient désormais suffisamment claires.

Phil, François et Saliou piaffaient d'impatience à l'idée de pouvoir interroger les deux frères Kerbleuzen et les deux salariés de la SELBN. Toute l'organisation reposait visiblement sur eux… De leur côté, les collègues de l'OCLDI éprouvaient la même fébrilité dans l'attente de l'arrestation des complices.

Un dernier point fut effectué dans la soirée. Phil et François accompagneraient les intervenants sur Brest, chez les deux frères Kerbleuzen, et deux collègues de l'OCLDI se rendraient à Quimper. Saliou et le responsable de l'unité de l'OCLDI agiraient à la SELBN puis au domicile de Perrault et de Winsalter. Cette fois, chacun était confiant quant au résultat espéré. Ils décidèrent de se retrouver tous au Montparnasse pour prendre un verre, avant de se séparer.

En ce début octobre, les jours s'essoufflaient et se laissaient envahir par la nuit.

*

*   *

Lundi matin, heure légale. 3 octobre.

Le temps était plutôt frais et le ciel chargé de menaces. La pluie annoncée n'allait pas tarder à se déverser sur la ville. Devant l'hôtel de police, les feuilles tombées gisaient autour des troncs puissants des platanes en un désordre inerte dans l'humidité matinale. Le cortège de voitures banalisées quitta le parking de l'hôtel de police pour prendre la direction de Recouvrance, pour certaines, ou du nord de la ville, pour d'autres, tandis que celles qui devaient se rendre à Quimper étaient parties bien plus tôt.

Quelques minutes avant l'intervention, chaque équipe avait rejoint les binômes en place, à proximité des lieux de surveillance. Phil et François retrouvèrent les personnes chargées des deux frères Kerbleuzen au pied de l'immeuble où résidaient ces derniers.

— Alors, nos oiseaux ? demanda François.

— Ils sont dans leur nid. Jean au troisième et Paul au quatrième avec leur épouse respective.

— Existe-t-il d'autre sortie que celle que nous apercevons devant nous ?

François gardait encore en mémoire la fuite d'un criminel par les balcons.

— Non, aucune inquiétude de ce côté-là.

— L'ascenseur descend-il au sous-sol ?

— Non. Il s'arrête au rez-de-chaussée. Un escalier dessert les caves individuelles. Quant aux garages, ce sont des boxes situés derrière l'immeuble sans communication directe.

— Parfait.

— En dehors de sauter par la fenêtre, il n'y a pas d'échappatoire !

— Tant mieux.

— Des enfants sont-ils présents dans les logements ?

— Non. Nous n'avons rien remarqué de tel.

— Bien, il va être l'heure. Allons-y…

Au même moment, à chaque lieu d'intervention, les équipes échangeaient, de la même manière, les dernières consignes avant l'action. Tout semblait se présenter de la meilleure façon qui soit. François se joignit à l'équipe prévue pour le troisième et Phil à celle du quatrième.

François, comme ses collègues, sortirent leur arme. Dans un premier temps, un policier sonna discrètement, puis tous se positionnèrent de chaque côté de la porte. Un bruit de pas traînant vint jusqu'à la porte et une voix féminine endormie demanda :

— C'est toi, Paulo ?

— Oui, répondit simplement le policier, d'une voix neutre.

La porte s'entrouvrit, puis claqua contre le mur propulsée par le policier et toute l'équipe s'engouffra dans l'appartement en criant « Police, les mains au-dessus de la tête, personne ne bouge ! ».

À l'étage au-dessus, la sonnerie n'avait pas permis l'ouverture de la porte et les bruits de l'autre intervention s'entendaient déjà très nettement dans la cage d'escalier. Phil frappa plus énergiquement sur la porte cette fois en criant « Police, ouvrez ! ». Un remue-ménage se fit aussitôt entendre, mais que faire dans un appartement sans balcon, au quatrième ? Juste le temps de s'habiller à la va-vite, voire de faire disparaître quelques petites choses compromettantes dans la cuvette des WC…

Puis, la porte s'ouvrit, quelques instants après, sur une femme au regard bouleversé.

Au-dessous, François venait de surprendre Jean Kerbleuzen dans son lit et lui signifiait de se lever et de se vêtir, tandis que son épouse, terrorisée, tentait de serrer les deux pans de son peignoir de ses deux mains. Elle fut priée, à son tour, d'aller s'habiller. Emportant avec elle des vêtements, elle se dirigea vers la salle de bain qu'elle n'eut pas le droit de fermer à clef, un policier ayant glissé le pied dans l'entrebâillement. Ni l'un ni l'autre ne posèrent de questions. Une fois parés, la perquisition commença.

Les téléphones portables et le micro-ordinateur furent mis aussitôt sous scellés. Les policiers engagèrent une fouille systématique, pièce par pièce. Le couloir ne révéla rien de particulier, pas plus que la cuisine ni le salon. En revanche, dans un secrétaire installé dans l'angle de la salle à manger, ils découvrirent des dossiers contenant des photos de bustes, toutes identiques, d'un homme de couleur noire, annotées en dessous d'un descriptif correspondant, ainsi que celles d'un homme, de type nord-africain, également commentées. Tous les dossiers furent saisis. L'un concernait le magasin visité et dévalisé dans le nord de Brest et l'autre intéressait une bijouterie. Un autre ensemble de pièces à conviction prit le même chemin des scellés : dans les penderies, des tenues en cuir noir et, sur l'étagère, des gants et une cagoule ; au sol, une paire de rangers noires, en cuir ; dans une mallette placée sur une armoire, plusieurs pistolets…

À l'étage au-dessus, les policiers firent des découvertes similaires avec également quelques fortes sommes d'argent liquide : six liasses de billets de cinquante euros soigneusement rangées dans un attaché-case soit, sous réserve de vérification, trois cent mille euros, près de deux millions de francs, se dit Phil mentalement.

Les investigations terminées au troisième, François donna l'ordre de passer les menottes à Jean Kerbleuzen ainsi qu'à son épouse. Ils se laissèrent faire, presque docilement. Jean Kerbleuzen était un homme de forte corpulence, d'un bon mètre quatre-vingt-dix, avec des mains aux doigts boudinés, larges comme des battoirs au bout de ses longs bras. Son allure résignée contrastait avec son imposante stature. Le visage imprégné de lassitude, la voix éraillée de fatigue, les cheveux en bataille avec une frange indécise lui retombant sur le front, il n'avait rien de l'homme dynamique et volontaire imaginé par François qui le toisa de la tête aux pieds : le jean, la coiffure, le tatouage… Son regard exprimait une totale confiance en soi, l'absence de toute humanité et une violence que ne pouvait contenir une intelligence limitée.

Son épouse, de taille moyenne, brune aux cheveux mi-longs, le visage marqué par quelques rides, le corps étoffé de rondeurs, possédait toujours un regard vif dans lequel se lisait le reflet d'un intense débat intérieur.

Les nerfs à vif, elle marmottait des injures entre les dents comme pour tenter de se soulager devant l'action peu méticuleuse et bruyante des policiers et l'impuissance de son époux. Malgré la situation inconfortable qu'était la sienne, elle ne paraissait pas manquer de pusillanimité.

Quand un policier revint de la visite de la cave et du garage, sans résultat, François ordonna d'emporter les saisies et signifia le départ et la mise sous scellés de l'appartement. Le calme contenu du couple parut ébranlé. Ce fut même alors l'irritation plutôt que la peur qui rendit leur ton plus coupant. François ne fut pas mécontent de s'apercevoir que ses suspects pouvaient perdre leur sang-froid. Les prochaines heures allaient offrir de bons moments d'excitation.

De leur côté, Phil et son équipe bouclaient la perquisition et s'apprêtaient aussi à quitter les lieux. Paul Kerbleuzen se montrait beaucoup plus nerveux que son frère. De taille moyenne, plutôt maigre au point de paraître émacié, ses lèvres et son nez étaient minces, à l'image de toute sa personne. Les vestiges de sa chevelure semblaient aussi sombres que ses yeux. Il avait le regard d'un animal pris au piège qui sait que la dernière issue est bouchée, mais ne parvient pas à se retourner pour affronter l'adversaire. Le type de salopard rusé et sans scrupule, froid, méthodique et implacable.

Phil savait pourtant qu'il allait devoir faire face impitoyablement à l'heure de vérité. Ses petits yeux noirs fuyaient sans cesse, à gauche à droite, puis revenaient et recommençaient. Sa pomme d'Adam jouait les ludions dans son cou, cachant mal son inquiétude et ses angoisses.

Son épouse cultivait véritablement le culte de la sœur jumelle : même coiffure, même tenue et un physique proche à s'y méprendre. Elle paraissait également vive, un peu trop crispée. Elle portait, comme sa sœur, de petits anneaux d'or aux oreilles. Elle n'était pas maquillée, un fard aurait-il ajouté quelque chose à la beauté de ses grands yeux bruns ? Son regard sombre restait néanmoins empreint de douceur et, en même temps, il émanait de son visage une expression juvénile, presqu'enfantine, mais aussi nerveuse.

Au moment de quitter les lieux, Phil traversa la pièce et s'approcha de la fenêtre. La pluie venait de commencer. Il la regarda ruisseler sur la vitre. Dehors, elle tombait en rideaux épais qui dissimulaient le paysage. Régulière, elle semblait vouloir tomber pour la journée sans jamais s'arrêter…

Tous les locataires se tenaient à présent devant la porte de leur logement, à chaque étage. Avant de sortir avec les prévenus, deux policiers en tenue les précédèrent et demandèrent aux voisins de rentrer chez eux. Puis les deux frères sortirent, suivis des deux sœurs. Celles-ci s'avançaient, les yeux comme des diamants que la colère faisait étinceler.

En quittant l'immeuble, la pluie cingla leur visage. Une pluie qu'on aurait dit jetée par une main furieuse.

Ce mauvais temps présentait l'avantage d'éviter aux badauds de créer un attroupement à l'extérieur. Sans plus de cérémonie, ils se hâtèrent vers les quatre voitures.

En quelques minutes, les véhicules quittèrent très rapidement le quartier de Recouvrance pour emprunter le pont éponyme et remonter le bas de la ville jusqu'à l'hôtel de police, rue Colbert…

Les quatre prévenus furent dispersés dans des bureaux séparés. Deux officiers de police judiciaire prirent en charge chacun d'eux pour entamer les interrogatoires.

Phil et un collègue de Brest se chargèrent de Paul Kerbleuzen. Il était nettement plus petit que son frère… un mètre soixante-quinze peut-être.

Assis piteusement sur la chaise, ses mains menues, presque délicates, cadraient avec le reste de sa personne. Quand Phil croisa son regard, il décela de la confusion sur ses traits, mais aussi de l'affolement.

Phil observa la photo de la carte d'identité et le visage ahuri de Paul Kerbleuzen, car c'était l'une de ces photographies rapides obtenues dans des cabines automatiques de grands magasins et qui flattent rarement la personne.

L'état civil enregistré, ils en arrivèrent aussitôt au vif du sujet. Paul Kerbleuzen commença par marquer son étonnement sur ce qu'il appela « une mascarade montée par la police et à laquelle il ne comprenait rien ».

Phil le gratifia d'un sourire paresseux avant de lui signifier, d'une voix dénuée d'inflexions, les prévisions de chefs d'inculpation qui ne manqueraient pas de se préciser au fil des différents interrogatoires. Le regard empreint de colère de Paul Kerbleuzen se mua alors, peu à peu, en haine. Phil préféra donc changer de tactique.

— Avant d'en arriver aux faits, parlez-nous de vos origines… Je remarque que vous êtes né à Brest…

— Oui, je suis né dans une des vingt-cinq cités provisoires de baraques.

— Comment s'appelait la vôtre ?

— Le Polygone-Butte… Oh, elle n'était pas aussi importante que celle du Bouguen, mais “l'esprit baraque” était comparable.

— Que faisaient vos parents ?

— Mon père, marqué par la guerre, s'était mis à boire… Il avait parfois la main lourde sur ma mère ou sur nous. Quand il n'avait pas bu, c'était un brave homme. Il n'arrivait guère à garder sa place, alors l'argent manquait souvent. Nous achetions souvent “à croum” dans les boutiques du quartier…

— “À croum” ?

— Oui, à crédit, la commerçante marquait sur un cahier d'écolier les avances consenties et on payait quand on pouvait. Mais, les dernières années nous ne payions même plus notre loyer alors, bien sûr, pour être relogés… Mais mon père, comme ma mère qui s'était mise à boire à son tour, n'ont jamais eu à quitter leur baraque, ils sont morts avant... Après un tel épisode de vie, vous pensez bien que nous espérions bien respirer un peu et surtout profiter davantage que ce que nous avions pu le faire jusque-là...

Phil remarqua que la joue droite de Paul Kerbleuzen s'ornait d'une cicatrice qu'il tapotait par moments avec son index.

— Cette cicatrice ?

— Oh, ça vient de l'époque où je jouais à la guerre dans le quartier entre les baraques. Quand j'étais gosse. Avec des copains, on s'amusait à se poursuivre et à se tirer dessus avec des lance-pierres.

— Et l'un d'entre eux ne vous a pas loupé !

Il approuva de la tête.

— Sauf que son caillou a tapé contre une planche de baraque et que j'ai reçu un éclat de bois dans la joue... une écharde qui s'est enfoncée profondément et longuement. Comme c'était du bois blaxonné, ça s'est infecté et, bêtement, j'ai eu des problèmes assez sérieux pendant un certain temps...

— Blessure de guerre en quelque sorte !

Il ne répondit que par un sourire ironique crispé, gonflant sa joue juste au-dessous de sa cicatrice.

— Que faisiez-vous avant de vous retrouver au chômage ?

— D'abord, je tiens à vous préciser que je n'ai jamais profité du système et que j'ai toujours travaillé jusque-là. Il s'agit de ma première période de chômage.

— Et alors, que s'est-il passé ? Car l'entreprise existe toujours et ne semble pas avoir réduit son personnel ?

— C'est à cause de l'autre con…

— C'est-à-dire ?

— L'entreprise a confié toute l'équipe dont je faisais partie à un petit jeune d'origine maghrébine. Un petit con comme on en voit rarement. Il ne pouvait pas me supporter…

— Et vous ?

— Non plus. Je le détestais. Un jour qu'il m'avait poussé un peu plus, je l'ai attendu au vestiaire et je lui ai cassé la gueule…

— C'est tout ?

— J'ai essayé de l'étrangler aussi, mais des collègues sont intervenus. Bref, trois semaines d'arrêt et j'ai été viré. J'aurais mieux fait de l'attendre à l'extérieur et de lui "apprendre à nager", un soir, dans le port, avec mon frère…

— Violent avec ça !

— Faut pas me chercher !

— C'est pourtant ce que nous allons faire. Que faisaient les armes chez vous ?

— Je l'ignore. Elles ne m'appartiennent pas !

— Et la tenue noire ?

— C'est pour l'hiver… quand il fait froid.

— Et tout cet argent ?

— Ce sont nos économies !

— Le chômage paye bien, on dirait !

— Nous économisons depuis longtemps.

— Vous ne connaissez pas de banque pour les mettre en sécurité ?

— Oh, les banques, on ne peut plus leur faire confiance !

— Nous avons saisi à votre domicile, ainsi que chez votre frère, des dossiers concernant des entreprises victimes de vols et d'agressions, de même que la fiche signalétique d'un homme de couleur noire et celle d'un homme de type nord-africain, à quoi correspondent-ils ?

Il ne répondit pas immédiatement, se contentant de soulever les épaules en signe d'impuissance, avant de lâcher :

— Aucune idée !

— Vous n'êtes pas gêné de me répondre n'importe quoi ? Ça va ?

— Vous me posez des questions… je tente de vous répondre.

— Sauf que nous n'allons pas jouer très longtemps. J'ai l'impression que vous ne mesurez pas bien la situation, ni dans quelle merde vous vous trouvez… Port d'armes prohibées, vol à main armée, meurtre sur la personne d'un chauffeur routier afin de lui voler sa cargaison, *car-jacking*… tout cela fait beaucoup de choses en peu de temps, vous ne trouvez pas ?

— Je ne comprends rien de ce que vous me dites… Avant de m'attaquer, il faudrait déjà prouver ce que vous avancez !

— Rassurez-vous, nous allons vous éclairer très rapidement. Dès que toutes les personnes concernées par vos actions seront là et qu'elles commenceront à parler… ce qui ne saurait tarder.

Phil quitta le bureau momentanément pour rejoindre François. Ils discutèrent dans le couloir.

— Alors, Jean Kerbleuzen, que dit-il ?

— Rien. "Le pauvre", il ne sait rien. Il ne comprend pas du tout notre acharnement ! Bref, il se fiche de notre gueule ! Et toi ?

— Même attitude.

— Le démarrage sera peut-être lent mais, quand ça va tomber, tout s'écroulera comme un château de cartes.

Au même moment, d'autres équipes arrivaient avec Marine Le Bars, la serveuse du bar, jeune sœur des jumelles, suivie de son ami Jacques Perrault et de Frédéric Winsalter. Leur mine était dépitée, leur regard inquiet. Les interrogatoires n'allaient pas tarder à commencer séparément pour ce trio.

Manquaient encore à l'appel, les deux complices, vraisemblables fournisseurs d'informations à la bande de Brest. Venant de Quimper, ils arriveraient plus tard.

Phil reprit sa place devant Paul Kerbleuzen. Le visage de ce dernier restait impassible avec cette façon qu'il avait de pouvoir attendre, de savoir ce qu'il voulait dire. Quand Phil pouvait le regarder dans les yeux, il y voyait une expression de scepticisme méprisant, une note de dédain subtil et d'émotion soigneusement contrôlée. Impossible de cerner, d'après sa voix, ce qu'il éprouvait.

— Bien, monsieur Kerbleuzen, nous allons reprendre. Ah, tout d'abord, si… votre frère et vos épouses respectives semblent s'exprimer sur le même ton convenu entre vous…

— Mais, je vous l'ai dit, nous ne savons rien et ne comprenons rien à tout ce que vous nous demandez !

— Attendez ! Pas si vite ! Laissez-moi terminer ! Sachez qu'il n'en est pas de même des autres personnes. Et je ne parle pas seulement de Marine Le Bars, ni de son ami Jacques Perrault, ni de son compère Frédéric Winsalter… Je pense aussi aux braves gens, un peu trop naïfs à mon sens, qui vous ont suivis en vous fournissant les tuyaux vous permettant ensuite d'agir. Est-ce que vous comprenez déjà mieux ce que je veux vous dire ?

Paul Kerbleuzen se contenta de baisser la tête, sans répondre. Mais, nul doute que son esprit devait, à présent, fonctionner à toute vitesse.

— Nous allons commencer par ce qui est le plus récent. Que faisiez-vous samedi après-midi dernier ?

— Je ne sais pas. Je suis allé en ville en voiture, je crois…

— Oui, exact, avec votre frère et, dans l'autre voiture, se trouvaient vos épouses, est-ce bien ça ?

— C'est possible !

— Vous voulez que je vous donne votre itinéraire ?

— …

— Pour simplifier, disons que vous avez pris la direction du nord de la ville puis vous avez tendu une embuscade au propriétaire d'un 4x4 BMW X 5 noir que vous lui avez ensuite volé selon le subterfuge classique du choc arrière commis par votre épouse ou sa sœur, pour détourner son attention, pendant que vous vous empariez du véhicule, vrai ou faux ?

— Je ne comprends pas ce que vous voulez relater !

— Dommage, car le propriétaire du véhicule vient de reconnaître formellement, vous savez par les glaces sans tain, votre épouse et sa sœur qui étaient dans la voiture suiveuse ! Alors ?

— …

— MAINTENANT, C'EST TERMINÉ DE JOUER ! RECONNAISSEZ-VOUS LE VOL DU VÉHICULE ? s'écria Phil en frappant très fort du plat de la main sur son bureau et faisant sursauter Paul Kerbleuzen et son collègue. VOUS M'ÉCOUTEZ ?

Paul Kerbleuzen venait de comprendre que les échanges si protocolaires du début et toute cette comédie étaient bien terminés. Déjà le ton devenait acrimonieux. Combien de temps résisterait-il ?

François vint frapper à la porte du bureau et fit signe à Phil de venir.

Une réunion était organisée afin de recenser et de mettre en commun les éléments captés lors des différentes perquisitions afin que chacun puisse s'en servir pour mieux pousser les interrogatoires. D'autre part, les collègues de l'OCLDI étaient sur la route avec les complices et ne devraient pas tarder à arriver.

Les saisies opérées à la SELBN offraient déjà les premières indications permettant de remonter la filière de l'acheminement des marchandises volées dont l'homme orchestre s'avérait être Frédéric Winsalter.

Restait, à présent, à tout remettre en ordre pour reconstituer le puzzle. Les fiches signalétiques, du grand noir et du nord-africain se retrouvaient partout. Ce leurre avait été judicieusement préparé, restait à savoir par qui, comment et pourquoi.

Chacun avait pris note des informations recueillies et allait rejoindre son poste au moment où arrivaient les deux équipes de Quimper.

La première information qu'ils signalèrent, fut aussi la découverte des fiches signalétiques des deux profils-types. Preuve supplémentaire de la préparation du leurre et de leur complicité. Les suspects auraient à s'expliquer.

Phil revint face à Paul Kerbleuzen. Jusque-là, sûr de lui, ce dernier devint nerveux. Il transpirait, des cernes profonds accentuaient la maigreur de son visage. Mais ce n'était pas uniquement sa mine mais une sensation pesante d'appréhension qui frappait le plus. Phil posa sur lui un regard pénétrant et attaqua :

— Mal ! Les événements démarrent très mal pour vous ! Non seulement, le propriétaire du véhicule volé a reconnu votre épouse, voilà que nous avons découvert les mêmes fiches signalétiques de deux hommes de paille à la fois chez vous, chez votre frère et, plus intéressant, chez au moins deux personnes qui vous ont fourni des informations précieuses pour commettre vos forfaits.

— Je ne sais toujours pas de quoi vous voulez parler, répondit-il sur un ton tranchant, nerveux.

— Si vous ne saisissez pas, je vais vous aider à y voir plus clair. Tout d'abord, le chauffeur du camion chargé de cigarettes, le collègue de celui que vous avez abattu froidement et avec détermination, s'est empressé de nous fournir tous les détails concernant l'agression. Même chose du côté du gardien de la société informatique de Quimper. Est-ce que vous me suivez cette fois ?

Phil s'attendait, à présent, à ce que la question provoquât de l'embarras ou une riposte furieuse de la part de Paul Kerbleuzen. Ce dernier garda un moment le silence avant de répondre, presque calmement, sans gêne aucune, démontrant qu'il avait tout d'un pharisien :

— Je ne vois vraiment pas dans quelle mesure je devrais être impliqué dans vos affaires !

Mais son regard était méfiant et la réponse avait quelque chose de désespéré comme s'il cherchait encore à s'accrocher à une hypothétique dérobade.

— Arrêtez de vous fiche de nous ! cria alors Phil, hors de lui. Vous êtes cuit et archicuit. Meurtre avec préméditation, rien que ça, vous allez tout droit aux Assises. Alors, arrêtez de fanfaronner !

— Je n'ai tué personne !

— Ce n'est pas ce que dit le témoin de la scène !

— Faites-le venir et on va s'expliquer !

— Ce n'est pas nécessaire, sa déposition nous suffit, enregistrée en bonne et due forme en présence de deux officiers de police judiciaire ! Alors ?

— …

— Voulez-vous que je vous récapitule vos chefs d'inculpation ? Nous sommes à un tournant de votre affaire : ou vous coopérez et nous en tiendrons compte dans nos procès-verbaux ou vous vous obstinez dans votre système de défense sans issue et vous serez chargé au maximum…

Les échanges verbaux, avec escalade dans le ton, se poursuivirent plus d'une heure ainsi. Paul Kerbleuzen ne se laissait pas démonter et maintenait son option de tout nier. Devant ce mur infranchissable, Phil choisit de se retirer quelques instants afin de revenir avec de prétendues informations. Il fit le tour des bureaux, chacun tenait bon, récusant tout en bloc. Le grand frère refusait obstinément de parler. Les deux épouses se montraient agressives, promptes à la riposte sur un ton hargneux voire méprisant. Marine Le Bars et son ami Jacques Perrault s'étaient également calés dans une situation de mutisme.

La première fuite vint de Frédéric Winsalter quand il lui fut rappelé son casier judiciaire et qu'il fut accusé de meurtre sur la personne du chauffeur du camion. Les OPJ jouèrent sur le fait que son passé le condamnait d'office, contrairement à ses complices, dont le casier judiciaire était vierge. Une peur panique le saisit. Il réalisa aussitôt les risques encourus. Aux prises avec Saliou et le responsable de l'équipe de l'OCLDI, il tenta vainement de riposter encore une fois comme il le put.

— Vos copains sont très clairs, vous êtes le cerveau de la bande et le principal responsable des actions et donc du meurtre !

— C'est faux et archifaux !... répondit-il avec violence, sentant le filet se refermer sur lui.

— À présent, au vu de votre situation, c'est très simple : ou, vous nous dites la vérité et nous nous efforçons d'attribuer à chacun sa part de responsabilité ou vous prenez tout dans la figure, c'est-à-dire aussi les Assises, autant dire perpète au vu de vos antécédents ! Alors ?

Il se creusa la cervelle pour trouver au plus vite une explication à fournir à la police. Aucune ne tenait debout ni ne le rassurait complètement. Alors, parfaitement conscient de la situation, Frédéric Winsalter pesa dans son esprit la portée de chaque acte. Il se remémora la prison, ses précédentes condamnations. Il chercha au fond de sa mémoire des souvenirs précis. Des images surgissaient, revenaient des sensations parfois douces-amères comme des larmes séchées ou âpres et brutales comme la sueur qui lui inondait soudain le dos. Envahi d'une brusque appréhension, après réflexion, il en déduisit que sa situation imposait qu'il joue cartes sur table. Il considéra alors qu'il ne lui restait que cette solution : parler, tout simplement. Des traits réguliers, un nez droit, une certaine candeur dans le regard, un visage sans accident, l'homme restait presque immobile, comme perdu dans ses songes. Il ne voulait pas se sentir trop impliqué auprès des frères Kerbleuzen qu'il ne supportait que "moyennement", selon son expression. Puis, soudain, il se déclara prêt à préciser sa part de responsabilité dans toute cette affaire afin de bien en délimiter les contours et ne pas porter le chapeau pour les autres. Il prit le temps de réfléchir à ce qu'il allait dire. Comment devait-il se comporter précisément ? Puis, il décida de se lancer. Dès les premières paroles, tout lui sembla extraordinairement facile.

— Après mes ennuis à Strasbourg…

— Que s'était-il passé exactement ?

— J'étais magasinier dans un immense entrepôt et, avec des copains, nous avions mis un trafic de marchandise en place. Notre combine a fonctionné quelques années… C'était de l'argent facile et vite gagné, de quoi mener la belle vie et puis, un jour, le pot-aux-roses a été découvert. Vous connaissez la suite : interrogatoires, tribunal, prison ferme pour moi car j'avais été impliqué précédemment dans divers vols de voitures et j'avais du sursis. Tout est tombé.

— Évidemment !

— En sortant de prison, j'ai voulu quitter la région pour ne pas me laisser embarquer par la même équipe. Je suis parti sur la région parisienne et, à Rungis, un groupe spécialisé dans la logistique et l'entreposage cherchait un magasinier cariste. J'ai fait l'affaire. Mieux, comme je m'en fichais des nuits, des dimanches et des jours fériés, au bout d'un an, la direction m'a proposé de venir sur leur plate-forme de Brest, la SELBN. Voilà comment je suis arrivé ici.

— Et c'est là que vous avez formé votre bande ?

— Non. D'abord ce n'est pas "ma" bande ! J'ai fait connaissance avec mon collègue Jacques Perrault. Nous avons sympathisé. Puis il m'a fait connaître la famille de son amie. Un soir que nous avions fait la fête, disons déraisonnablement, je me suis un peu vanté de mes coups à Strasbourg. Les deux frères ont tout de suite été intéressés par les combines qui m'avaient fait plonger. Après cette soirée, comme ils étaient au chômage, ils ne m'ont plus lâché. M'invitant à tout propos à boire et à manger avec eux. Marine Le Bars, l'amie de Jacques m'a ensuite fait connaître une de ses copines avec qui je vis actuellement. Dès lors, je ne pouvais plus reculer.

— C'est-à-dire ?

— J'ai appelé mes anciens copains de Strasbourg. Ils exploitaient une société fantôme de transport et poursuivaient toutes sortes de resquilles soit vers l'Allemagne et la Pologne soit vers Lyon, Marseille et l'étranger. Ils voulaient bien mettre une navette tournante de semi-remorques à notre disposition à Brest pour rapatrier de la marchandise. Il nous suffisait de les remplir en passant par la plate-forme de la SELBN. Pour officialiser le transport, moi, je délivrais les faux documents, enfin des vrais, mais occultes. Un des copains de Strasbourg assurait la conduite montante et descendante, ni vu ni connu. Tout cela, bien entendu, à l'insu de la direction de la SELBN. Il restait aux deux frères Kerbleuzen à se débrouiller pour trouver la marchandise. Voilà. Moi, dans cette affaire, c'est tout ce que j'ai fait. Je connaissais les risques, alors, vous comprenez…

— Admettons. Mais il nous manque plein d'informations. Qui localisait les entreprises, trouvait les complices, les informateurs ?

— Cette partie était assurée par Jacques Perrault. Il puisait dans le fichier des clients de la SELBN et recherchait quelqu'un qui voulait bien, contre du fric, donner une bonne information. Il avait aussi travaillé avant dans une société de gardiennage et comme intérimaire dans le groupe qui s'appelait encore la Seita avant de devenir la société hispano-française actuelle. Alors, il a fait appel à ses anciennes connaissances.

— Ceci n'explique pas les vols et agressions…

— Je vous ai dit ce qui "me" concerne. À chacun sa merde. Pour le reste, vous voyez avec les autres. Je n'ai jamais participé à la moindre action sur le terrain.

L'accent de sincérité laissait penser, jusqu'à preuve du contraire, que ces propos pouvaient être exacts. Restait maintenant à s'en servir pour faire avouer à chacun son niveau de contribution et mesurer son rôle exact. Une chose paraissait certaine, chaque individu arrêté était impliqué et portait une part de responsabilité. Il suffisait de la définir précisément...

Après les résultats obtenus auprès de Winsalter, ils s'attaquèrent à Jacques Perrault. Brun, l'allure athlétique, l'homme paraissait plutôt solide au premier abord. Mais quand l'OPJ lui fit comprendre qu'il risquait de porter toute la responsabilité des agressions et du meurtre, il estima préférable de limiter la portée de son engagement dans toute cette affaire.

Après plusieurs esquives, il finit par céder et préciser le nom des indicateurs contactés dans les différentes entreprises. Puis il assura qu'il passait ensuite le relais aux deux frères Kerbleuzen qui se chargeaient de mener les négociations. Titulaire du permis poids lourd, contrairement à ses deux amis, il conduisait les camions et rapatriait la marchandise à la SELBN. Mais, il affirmait, avec force, que là s'arrêtait son rôle et qu'en aucun cas, il n'endosserait la responsabilité du meurtre. Malgré des approches différentes, il fut impossible d'en soutirer davantage. Mais, une fois de plus, les résultats progressaient, car, au-delà des deux indicateurs déjà repérés, s'ajoutait à présent, pour chaque affaire, le nom d'une personne que l'OCLDI allait se charger d'interpeller.

Il précisa également que son amie, Marine Le Bars, sœur des deux jumelles, avait été tenue à l'écart de tout. Son seul rôle avait été d'exploiter, par hasard, la naïveté d'un officier de police pour l'entraîner sur une mauvaise piste…

Dans le même temps, interrogées séparément, les deux sœurs se comportaient très différemment. À l'inverse des hommes, l'épouse de Paul se murait dans le silence tandis que celle de Jean semblait plus disposée à parler. Elle portait une bague extravagante, un béryl d'une eau pâle. Avec ses beaux yeux de velours sombre, la jeune femme, nerveuse et décidée, gardait son aplomb et sa faconde. François vint faire une brève apparition sans l'interrompre tandis qu'elle racontait sa vie :

— Ce n'est pas que nous étions malheureuses, ma sœur et moi, à Poly, dans notre quartier. Mon père, un brave homme, travaillait comme manutentionnaire dans une entreprise sur le port et il subvenait comme il pouvait aux besoins de la famille.

— Pourquoi parlez-vous de votre sœur, vous en avez bien deux ?

— Oui. Mais Marine est arrivée beaucoup plus tard. Un accident… Non, le problème venait de ma mère, à l'esprit borné, elle avait des délires de princesse avec des allures de souillon. Elle aimait s'exhiber en tenue légère ou farfelue dans le quartier alors qu'elle n'était qu'une maritorne…

— Que faisait-elle de particulier ?

— Rien. Elle passait son temps à se coiffer, à lire des romans-feuilletons, très à la mode à l'époque, sans oublier les magazines sur les stars, s'imaginant déjà attifée de soie et reçue dans les salons du grand monde pour y prendre le thé. Et, d'ailleurs, la plupart du temps, son allure et ses airs énigmatiques provoquaient un mini-scandale dans le quartier... Entre ce qu'elle aimait à croire et la réalité, il y avait, comme qui dirait, un sacré décalage qu'elle n'a jamais bien mesuré...

Elle récapitula ainsi ses souvenirs de jeunesse avec clarté. Parfois, dans son regard se lisaient la suffisance et l'arrogance, le mépris et une politesse perfide. Elle poursuivit ensuite avec un haussement de sourcils empreint de lassitude :

— Quand nous nous sommes mariés, nous n'habitions plus dans les baraques. Mais, ce n'était guère mieux, peut-être pire... Dans nos HLM nous ressentions plus encore l'effet d'entassement et les bruits communs. J'avais rêvé d'un autre monde. Et, pour toutes ces raisons, j'approuvais les démarches de Paulo et de son frère Jean, mon mari. Si nous voulions nous en sortir, il nous fallait du fric et nous arracher de là...

— À n'importe quel prix ?

Elle marqua un temps d'hésitation avant de répondre.

— Oui. Et vite !

— Et de quelle manière y avez-vous participé ?

— D'aucune ! Nous ne faisions que soutenir nos époux. Ceux-ci ne voulaient pas nous mêler à l'action, sauf pour la BM de ce type, et encore, nous n'avons presque rien fait ! Juste touché un peu l'arrière de son véhicule avec notre voiture, c'est tout !

— Il n'en demeure pas moins que votre complicité est avérée et que vous devrez assumer votre part de responsabilité…

L'esprit songeur, elle eut le mot de la fin, avec le regard honnête d'une femme dans un vaudeville, affectant de ne pas connaître le dénouement de l'histoire.

— Comme quoi, des étrons comme nous ne peuvent jamais sortir du caniveau et se faire passer pour de respectables citoyens… En vieillissant, on se résout à reconnaître que la vie n'est, dans tous les cas, qu'une succession de hasards plus ou moins absurdes, n'est-ce pas ?

Son interlocuteur la gratifia d'un sourire paresseux avant d'éditer le procès-verbal, tandis que François en profita pour s'éclipser.

Parmi les personnes à interroger, les plus fragiles ensuite semblèrent être le gardien de la société informatique de Quimper et le deuxième chauffeur, collègue de la victime du camion dévalisé de son chargement de cigarettes.

Face à la pression exercée et à la divulgation de fausses informations, les deux complices de la bande craquèrent chacun à leur tour.

Le gardien avoua bien connaître Jacques Perrault pour avoir travaillé avec lui dans une société de gardiennage. De même, le chauffeur l'avait côtoyé quand il avait été intérimaire dans la même entreprise que lui. Les deux personnes avaient été contactées par le même homme. L'approche était simple, se souvenaient-elles. Jacques Perrault leur demandait : « Voulez-vous gagner de l'argent rapidement et sans prendre le moindre risque ? »

La réponse étant positive, les deux frères Kerbleuzen entraient alors en jeu. Moyennant argent liquide, ils obtenaient une information de première qualité pour cibler leur action. Comme par exemple, le jour, l'heure et l'endroit le plus propice pour réussir un coup. Ensuite, ces derniers leur offraient les deux fiches signalétiques qui serviraient de leurre et orienteraient les recherches vers une population de Noirs et de Maghrébins. Chacun étant chargé d'étudier le descriptif à communiquer à la police de façon à établir un portrait-robot fidèle selon les témoignages mais complètement faux ! De cette façon, personne ne serait jamais inquiété. Ceci représentait leur meilleure garantie, leur assuraient les deux frères !

L'OPJ demanda au chauffeur s'il était fier d'avoir, contre une misérable somme d'argent, fait tuer son collègue et privé une famille d'un père. Le chauffeur s'écroula en pleurs, reconnaissant ne plus pouvoir dormir depuis ce braquage, regrettant à tout jamais d'avoir fait un pacte avec le diable. Il ajouta que l'esprit du malin habitait ces deux hommes. Il se maudissait d'avoir eu la faiblesse d'accepter leur offre.

— C'est un peu tard pour s'exprimer ainsi ! La malhonnêteté de cette magouille vous exposait nécessairement, vous ne pouviez l'ignorer au départ ! Ensuite, vous saviez très bien que toute opération de vol ou de détournement comporte un risque et que, nécessairement, vous vous engagiez ! Vous seul portez la responsabilité de la mort de votre collègue !

— Non, je n'ai rien fait. Personne n'avait imaginé sa réaction !

— Vous n'aviez pas à l'imaginer, Monsieur, vous deviez vous abstenir de collaborer ! Vous occupiez un bon emploi dans une entreprise sérieuse. Seulement, voilà, vous êtes cupide…

— Non ! Ce n'est pas vrai !

— Et pourquoi alors ne pas nous avoir dit la vérité après le drame ? Vous disposiez d'une petite chance de vous rattraper, vous connaissez le dicton « Faute avouée à moitié pardonnée ». Nous aurions pu en tenir compte ! Mais, non. Une seule chose vous importait : jouir de l'argent si mal gagné ! Et vous ne vous êtes pas privé de le faire même après cette tragédie !

Ces propos étaient d'une telle violence que l'homme s'écroula complètement dans les minutes suivantes. Ce n'était pas le manque d'argent qui avait fait de sa vie un enfer. Non, c'était autre chose, plus complexe, plus difficile à appréhender, moins palpable… Dorénavant, son avenir était bien entaché et le visage de son collègue ne cesserait de lacérer pour longtemps encore sa mémoire.

Sur l'ensemble des interrogatoires, ce fut cet homme le plus secoué. Les yeux agrandis comme deux abîmes dans un appel désespéré, il était devenu si pâle qu'on l'aurait cru près de l'évanouissement. Il venait sans doute de réaliser, seulement maintenant, l'importance des conséquences de ses actes et de sa faiblesse. Il aurait tout le temps de s'appesantir sur son remords quand l'enquête serait terminée…

Pan après pan, chaque élément de l'affaire se révélait. Le grand patron décida une réunion afin de refaire un point. L'échec de la précédente grande opération de ratissage sur la ville était oublié.

Le procureur suivait avec le plus vif intérêt cette opération coup de poing qui apportait cette fois les résultats escomptés. Nul doute que la bande de Brest n'allait plus frapper de si tôt. Oublié aussi Marco… pour l'instant.

Phil resta parler quelques instants avec son collègue François avant de reprendre son poste afin de poursuivre l'interrogatoire de Paul Kerbleuzen.

Phil retrouva son homme, impassible. Serein ? Cela était moins sûr.

— Monsieur Kerbleuzen, je vous l'avais prédit : il arrive toujours un moment où un suspect se met à parler. Ce moment vient de se produire. Il s'avère qu'il ne s'agit pas d'une seule personne mais de plusieurs et toutes vous condamnent, à la fois pour vos actions sur le terrain et le meurtre du chauffeur… Ce qui, vous devez bien vous en douter, n'est pas sans conséquence pour vous. Alors, je vais reprendre avec vous l'interrogatoire en vous précisant d'entrée que, désormais, nous n'avons pas besoin de vos aveux pour vous inculper, de sorte que si vous ne voulez pas collaborer plus qu'avant, je n'insisterai pas. Mais vous quitterez ce bureau avec une mise en examen et vous prendrez le maximum. Je ne peux pas être plus clair, n'est-ce pas ? C'est à vous de voir à présent.

Il ne répondit pas et ne bougea pas, s'efforçant de se contrôler.

— Je constate que vous avez décidé de vous taire, aussi devrez-vous assumer les conséquences de vos actes. Je vais reprendre votre procès-verbal…

Phil garda le silence quelques instants, le temps de relire, pour lui-même, les éléments inscrits précédemment. Puis, il relut à haute voix l'état civil de Paul Kerbleuzen, lui demandant, au fur et à mesure, de confirmer l'exactitude de ce qui était porté. Le visage de Paul Kerbleuzen changeait d'expression. Visiblement, il était animé d'états d'âme contradictoires : un mélange d'espoir et de désespoir, d'impatience et de nonchalance, d'excitation et d'épuisement. Tout chez cet homme appartenait au rêve perdu. Il semblait à présent ravagé de l'intérieur, dévoré par une tourmente douloureuse.

Après un long moment de silence, Phil le regarda

intensément et, d'une voix radoucie, lui demanda, comme s'il s'agissait d'une confidence :

— Ce que je n'arrive pas à comprendre, c'est comment vous en êtes arrivé là et surtout pourquoi...

Les yeux de Paul Kerbleuzen ne purent soutenir le regard de Phil et se troublèrent. Il se délita alors complètement.

— Quand j'étais gamin, la seule fois où j'ai été vraiment heureux, c'est quand je suis allé en colonie de vacances sur la côte basque avec mon frère, Jeannot, grâce à une importante association caritative et à la ville de Brest. Là-bas, j'ai découvert le paradis. Et, avec mon frère, nous nous étions toujours dit qu'un jour, si nous avions la chance d'avoir un peu d'argent, si nous devions aller vivre ailleurs, ce serait là. Et puis, la vie a continué. La disparition des parents, la fin des baraques, notre mariage et le travail. Moi, mon frère et nos épouses, sans jamais rechigner à la tâche. Et puis, en quelques semaines, tout a déraillé, basculé.

— C'est-à-dire ?

— Le chômage... La perte d'un équilibre, déjà si fragile quand on ne gagne pas grand-chose. Les enfants partis de leur côté, nous nous sommes retrouvés tous les quatre sans emploi. Je me souviendrai toujours de mon licenciement. Le premier et le seul de ma vie. Le choc d'être viré a été si brutal que mon corps a accusé le coup. Ce jour-là, j'ai eu du mal à marcher du quai jusqu'à chez moi. C'était comme si je m'enfonçais dans le sol et que je n'arrivais pas à détacher mes pieds de la glu qui s'accrochait à mes jambes et les rendait lourdes... Et tout cela à cause de ce petit con d'Arabe. Je ne rêvais que de vengeance, j'avais la haine en moi... Mais, de là à passer à l'acte, c'était une autre question !

— C'est sûr.

Phil vivait un curieux moment, respectant les temps de silence, s'efforçant de ne pas interrompre l'homme qui se trouvait devant lui et qui avait visiblement décidé de parler. Phil appelait cette phase l'entre-deux, le temps de l'hésitation, comme si le cours des choses pouvait encore s'inverser. Puis viendrait le temps de l'abandon, cet instant que des milliers d'hommes, avant lui, avaient dû vivre, incertains de la suite des jours. Des hommes désormais enchaînés qui avaient pourtant rêvé de liberté et qui l'avaient connue.

— Puis, ce fut le tour de mon frère, à cause d'une délocalisation vers l'Afrique Noire : dorénavant l'exploitation se ferait à Dakar. Ici, son usine fermait, il se retrouva au chômage. La loi des séries, ça existe. Quelques semaines après, ce fut au tour de nos deux épouses. Leur petite usine de textile ferma également et la production était désormais assurée au Maroc. On ne parlait pas encore beaucoup de l'Asie ni de la Chine. Depuis, les choses n'ont fait que s'aggraver.

Il s'arrêta quelques instants pour réfléchir, regardant les OPJ qui se trouvaient devant lui, de l'air suffisant de celui « qui sait de quoi il parle », face à ceux qui ne savent pas.

— Le malheur, pour des travailleurs comme nous, c'est de bosser dans ces entreprises à forte main-d'œuvre sous-qualifiée qui ferment ici pour être rouvertes ailleurs dans les pays en voie de développement, semant sur leur passage le chômage. Bien des domaines sont ainsi touchés et je ne parle pas des bateaux de pêche donnés aux Africains ! Notre économie libérale et mondialiste fait quotidiennement son quota de dégâts dans nos rangs, compromettant un peu plus chaque jour les chômeurs qui ploient sous le poids des crédits…

— Si nous revenions à notre préoccupation du moment ? rappela Phil.

— Oui, je m'égare, mais au fond, de là vient toute l'explication et c'est tellement révoltant… Rejetés du monde du travail, nous nous retrouvions comme quatre fauves en cage, marginalisés. C'était comme si la poisse ne devait jamais nous quitter. Au début, nous percevions des indemnités de l'Assédic, ce qui nous permettait encore de vivre correctement, mais nous savions que cette situation ne durerait pas toujours. Restait le RMI pour seule perspective… Nous recherchions activement du travail, sans succès, en raison de notre âge et de notre manque de qualification. Notre avenir était compromis… Jusqu'au soir, où nous avons discuté avec Frédéric Winsalter de ses combines, de ce qu'il avait fait…

— La prison, aussi ?

— Oui. Il ne nous l'a pas caché. Et là, dans nos deux têtes, c'est-à-dire la mienne et celle de mon frère, d'un seul coup, notre rêve devenait possible. Si nous réussissions quelques coups qui nous rapporteraient de l'argent, nous pourrions partir vers le pays basque, acheter une petite affaire du genre bar-tabac, peut-être même presse et couler, tous les quatre, des jours heureux, loin d'ici...

À l'évocation de ces souvenirs, ses yeux brillèrent à nouveau, quelques instants, comme s'il ne réalisait pas encore que, devant lui, ne pouvaient plus s'étaler désormais que les ennuis...

— Dès lors, à chaque instant du jour et de la nuit, mon frère et moi, nous n'avions plus que notre projet en tête, réaliser notre rêve de gamin et de quelle manière ! Au fil des jours, à force d'en parler avec Freddy, je veux dire Frédéric Winsalter, les choses se sont mises en place. Ses potes d'Alsace assureraient l'écoulement de la marchandise. Sa boîte, au prix d'une combine, pouvait se charger du transit sans risque. Restait à trouver la camelote pour alimenter le trafic. Les potes alsaciens nous indiquaient ce qui les intéressait et nous nous mettions en chasse. Jacquot, heu... Jacques Perrault, le mec de la frangine de nos épouses, lui, pouvait nous mettre en relation avec des personnes qui, discrètement, nous renseigneraient opportunément sur des coups à faire dans des boîtes. À partir de là, il ne nous restait plus qu'à passer aux actes. Il suffisait de regarder la télé et notamment les bons polars, pour éviter certains pièges. Afin de limiter les risques, nous avions adopté une tenue noire, en cuir pour éviter les risques d'accrocs et de perte de fibres. Les potes d'Alsace nous ont procuré des armes et c'était parti.

— Et vos épouses, face à cette situation ?

— Au début, elles étaient farouchement opposées. Trop de risques, elles avaient peur. Et puis, les premiers coups ont réussi. C'était facile, nous piquions ce qu'il y avait à prendre, nous ramenions le butin à la SELBN, le transférions sur le camion qui partait aussitôt, à jour avec ses papiers de transport, pour Strasbourg. Au retour, le chauffeur nous ramenait le fric, en liquide, et le tour était joué…

Paul Kerbleuzen se complaisait à expliquer ce qu'il avait fait, cela lui donnait de l'importance vis-à-vis des OPJ qui l'interrogeaient. Sa voix vibrait d'excitation enjouée. Il réclama même une cigarette que le collègue de Phil lui offrit ainsi qu'un verre d'eau. Aucun des deux OPJ ne voulait rompre ce moment où l'interpellé dépasse le contexte dans lequel il se trouve pour se raconter, situation classique en interrogatoire. Mais il arrive un moment où, comme le ballon de baudruche, l'air ne peut plus entrer et, quand on le lâche, il part dans tous les sens en se dégonflant… C'était ce qui se produisait.

— Puis, nos épouses ont vite compris que c'était la solution inespérée. Au fil des semaines, le fric s'accumulait et chacun d'entre nous se voyait tenir notre bar-tabac sur la côte basque.

— Et cette histoire de leurre par le biais du portrait du Noir et de l'Arabe ?

— Nous y avions pensé avant de nous lancer. Il fallait créer une diversion tout en rassurant nos indicateurs. Depuis nos pertes d'emploi, nous avions tellement la haine qu'un soir, après avoir bien arrosé nos futurs projets et à force de stigmatiser ces deux communautés, mon épouse et sa sœur ont eu une idée. Pourquoi ne pas établir une photo qui puisse servir de portrait-type à chaque indicateur, sachant que si vous aviez la même information à chaque fois, cela pouvait nous protéger de vos investigations ? Nous avons donc mis au point ces deux portraits-types.

— Et notre collègue Marco, dans tout ça ?

— Lui, c'est autre chose. Ce fut le fruit du plus grand des hasards. Un soir qu'il traînait dans le bistrot où Marine servait, voilà qu'elle surprend une bribe de conversation. Elle nous en fait part aussitôt. Pour nous, c'était une aubaine ! Nous allions pouvoir communiquer directement à la police les infos à notre manière, c'est-à-dire les diriger vers les deux communautés. Et le pire, c'est que ça a marché un temps ! Nous n'en revenions pas. Voilà que nous commandions les opérations ! Cette fois, nous étions sauvés. Il ne nous restait que deux ou trois coups à faire et basta !

— Et la BMW du *car-jacking* ? C'était dans quel but ?

— Une bijouterie pour la nuit de samedi à dimanche... Mais là, nous n'avons rien compris. Comment avez-vous fait pour être aussi rapidement sur nous ? Ceci nous a surpris. Nous avons pensé à un hasard, une coïncidence, peut-être... Heureusement que nous connaissions bien la ville et la rue de Saint-Malo...

— Vous ne vous êtes pas posé de questions ?

— Si. Nous avions un doute. Nous en avons discuté une grande partie de la nuit. Les femmes voulaient arrêter et partir sans plus attendre dans le Sud-Ouest. Mais, avec Jeannot, nous savions qu'il nous fallait encore un peu de tune, alors nous avons décidé de poursuivre et de nous faire la bijouterie avec un camion de chantier à laisser sur place, c'était moins risqué que de tenter de se faire un nouveau 4x4 !

Phil ne perdait pas une miette des propos de Paul Kerbleuzen tandis que son collègue inscrivait tout, scrupuleusement, en tentant de stopper le moins possible ce récit.

— Il y a un détail dont nous n'avons pas parlé.

— Ah ? Et lequel ?

— Concernant Marco... Vis-à-vis de votre ami d'enfance, vous ne vous sentiez pas gênés, tout de même ?

— Non ! Marco a toujours été naïf ! Il a toujours cru tout ce qu'on lui disait ! C'est une bonne poire, la preuve, même sa femme l'a compris et s'est barrée !

— Vos propos me dérangent, car lui avait beaucoup plus de scrupules envers vous…

— Marco, c'est un brave type, mais c'est un con, c'est tout !

C'était aussi absurde et aussi simple que cela. Ces derniers commentaires choquèrent Phil qui, dès lors, éprouva le besoin de resserrer Paul Kerbleuzen. Il changea de ton, surprenant ce dernier qui se comporta comme s'il venait de se réveiller et réalisait brutalement la réalité de sa situation.

— C'est bien joli tout cela, mais vous semblez oublier le coup des cigarettes ! Et là, il y a eu mort d'homme…

La surprise passée, tout à coup, l'abattement submergea l'homme. Il respirait à présent bruyamment, la tête enfoncée dans les épaules, la cigarette fichée entre ses doigts osseux. Il détourna les yeux, de crainte que Phil ne voie son émotion. Il ne voulait surtout pas donner une image éplorée. Il tenta de surprendre, par en-dessous, le regard de Phil en se demandant si ce dernier avait réalisé qu'ils n'avaient pas les mêmes rêves, tous les deux. Mais comment l'aurait-il pu ? se demanda-t-il. Son interlocuteur ignorait tout du cloaque infâme dans lequel il avait vécu étant gosse avec des parents qui buvaient et le battaient sans raison… Les yeux perdus dans les nuages, il se sentait loin. Tout aurait pu et avait failli être si simple…

La réalité était là. La mort de cet homme. La vie venait parfois chambouler tous vos projets et vous ôter l'essentiel, ne vous laissant la moindre chance de repartir à zéro. Maintenant c'était terrible d'attendre la suite, l'estomac noué, le souffle si court qu'il éprouvait l'impression d'étouffer…

Un regard étrange passa dans ses yeux, une lueur de désespoir. Il tentait d'oublier à tout prix ce moment tragique. Il était toujours là, cet homme qui s'écroulait à terre, foudroyé par les deux balles qu'il venait de tirer.

C'était beaucoup plus dur qu'il ne l'avait imaginé. La réalité s'imposait et, avec elle, une douleur sourde et tenace.

Une douleur qui ne guérirait probablement jamais complètement. Chaque fois qu'il s'en souviendrait, il la ressentirait.

Il avait beau essayer de ne pas penser au moment fatidique, chaque minute et chaque seconde qui s'écoulaient lui rappelaient qu'il avait tout perdu : sa femme, sa vie quotidienne et ses rêves auxquels il tenait tant. Il comprit que ce jour et ce moment tragiques resteraient à jamais gravés en sa mémoire…

Il regarda par la fenêtre, apercevant les nuages qui filaient dans le ciel emportant avec eux une partie de la pluie qu'ils déverseraient plus loin, vers l'intérieur des terres. Un soleil d'automne tentait même de traverser un voile de nuages noirs formant un halo de clarté sur la ville.

Il posa alors sur Phil un regard pénétrant et avoua :

— Quand j'ai vu mon frère au sol, j'ai perdu mes moyens face à cette force de la nature. Si je n'avais rien fait, il nous aurait transformés en charpie… Le coup est parti…

Il repassa la scène dans son esprit avec précision, revoyant chaque détail.

— Le coup ? Il y en a eu deux ! précisa Phil.

— Il avait encore trouvé la force de se tourner vers moi, menaçant… J'ai dû tirer une nouvelle fois, puis, il s'est effondré au sol, immobile… Mon frère s'en est occupé, je ne voulais pas le voir ni le toucher…

Cette révélation se dilua dans la conscience de l'OPJ. Si la colère de Phil s'était partiellement estompée, il éprouvait toujours le besoin de faire payer cette abomination à ce malfrat. Il ferma les yeux pour reprendre ses esprits. Il ne s'attendait pas à un tel aveu de Paul Kerbleuzen. Un silence de pierre habita son visage.

Paul Kerbleuzen se demandait pourquoi il avait ressenti le besoin de tant parler. À la réflexion, il ne le regrettait pas, se sentant, malgré tout, soulagé… Il aurait tellement voulu changer le cours des événements… Il éprouvait tant de regrets ! En pensant à son enfance, il se dit qu'il faisait partie d'une génération dont on avait bousillé la jeunesse et les illusions et qui ne s'en était jamais remise… Se cherchait-il déjà des excuses ?

Une lueur d'inquiétude anima son regard car le

silence durait. Il ne put réaliser exactement combien de temps passa ainsi. Il était totalement désorienté. Une seule certitude lui nouait l'estomac. C'en était fini. Ses traits étaient constellés de gouttelettes de sueur…

Lentement, toute la vérité sur cette affaire venait de prendre forme. Phil reprit le procès-verbal que son collègue venait d'éditer. Il le fit signer à Paul Kerbleuzen qui, le regard absent, s'exécuta, n'appréciant, sans doute pas, l'importance de ce qu'il venait de dire et d'émarger…

Phil rejoignit Saliou qui discutait avec le grand patron. Le procureur attendait les résultats. Phil leur fit part de ce qu'il détenait. Dans les minutes qui suivirent, un nouveau point fut établi avant de remonter les conclusions au procureur.

Jacques Perrault, comme Frédéric Winsalter, n'avait pas caché la réalité de la situation, reconnaissant qu'en action, ils n'intervenaient que tous les trois : lui et les deux frères Kerbleuzen. Sans avoir assisté au meurtre du chauffeur sur l'aire de repos de Pont-de-Buis-Les-Quimerch, il savait que Paul avait tiré sur le chauffeur pour défendre son frère. Ce fut à peu près tout. Les deux épouses furent considérées comme des complices passives. Il se confirma qu'elles n'étaient intervenues que dans le *car-jacking*.

Quant au frère, Jean Kerbleuzen, il se mura d'entrée dans un mutisme total, refusant de répondre à toute question. Rien ne le touchait, il restait insensible à ce qui pouvait se passer autour de lui. Dans son for intérieur, il restait persuadé que personne ne parlerait. Quand on lui annonça les aveux circonstanciés de chaque interpellé, ce fut comme si, autour de lui, tout s'écroulait. Son menton se mit à trembler, ses mains et son corps tout entier, avant que, d'un seul coup, il ne se lève de sa chaise, s'emportant brutalement et voulant soulever le bureau placé devant lui et tout casser, emporté par un terrible accès de folie. Il fallut six hommes pour le maîtriser. Face à une telle crise de démence, un médecin fut appelé et des calmants lui furent administrés avant qu'on le dirige vers le centre hospitalier sous haute surveillance…

ÉPILOGUE

Quelques jours plus tard...

Le procureur avait transformé la garde à vue en mise en examen pour les deux frères Kerbleuzen, Jacques Perrault et Frédéric Winsalter. Les deux sœurs et les deux indicateurs furent laissés en liberté et placés sous contrôle judiciaire en attendant de comparaître... La bande de Brest était hors d'état de nuire désormais.

L'OCLDI remontait toute la filière vers Rungis, Strasbourg et au-delà, procédant aux arrestations à tous les niveaux. Chaque jour, de nouvelles interpellations tombaient : revendeurs, receleurs, complices en tout genre, déjà plusieurs dizaines de personnes avaient trempé dans le circuit et fait l'objet d'une arrestation.

Le matin même, Phil et François avaient conduit Marco dans un centre de soins, après lui avoir fait un compte rendu circonstancié des conclusions de l'affaire, bouclée finalement avec succès.

Hésitant depuis leur arrivée, il attendit d'être en

route, l'âme en peine, pour leur demander des nouvelles des deux frères Kerbleuzen. François se tourna vers Phil puisque ce dernier avait interrogé Paul. Quant à Jean, il était toujours sous calmants à l'hôpital dans une chambre étroitement surveillée et ne risquait pas de parler beaucoup. Aussi, seul Phil pouvait s'exprimer.

Il s'efforça de préparer sa réponse au mieux afin de ne pas choquer son collègue. Il y avait d'ailleurs pensé à plusieurs reprises.

— Je peux seulement te dire que, lorsque Paul Kerbleuzen a terminé sa déposition, il m'a glissé, en aparté, qu'il était sincèrement désolé de t'avoir créé des ennuis et espérait que tu ne lui en voudrais pas trop… Mais, il fallait que tu comprennes que l'esprit des baraques de Poly était bien loin et que la vie ne les avait guère épargnés…

Profondément ému, Marco inspira fortement avant de répondre, songeur, avec sans doute encore de nombreuses images dans l'esprit :

— Qu'importe ce qui s'est passé et ce qu'ils ont fait… on ne peut pas en vouloir à des amis, à des frères… Je leur pardonne.

Ils demeurèrent silencieux quelques instants. Marco avec son incoercible chagrin, Phil et François, très déçus par les frères Kerbleuzen et fiers de la noblesse d'âme de Marco, lui souhaitant intérieurement qu'à l'issue des soins, il pourrait renouer les relations avec sa famille qui lui manquait tant.

Marco paraissait particulièrement décidé à tout faire pour s'en sortir et, les yeux larmoyants, remercia vivement ses collègues au moment de se séparer.

Dans l'après-midi, Phil et François bouclaient leurs dossiers afin de rejoindre le soir même leur base de Quimper. Saliou arriva à ce moment et leur annonça qu'ils étaient tous les trois convoqués chez le grand patron.

Ils entrèrent dans le bureau et remarquèrent immédiatement la présence du procureur. Il se tenait debout face à la fenêtre donnant sur le parking. Il y resta un long moment, ignorant ses visiteurs, avant de se retourner et d'avancer aux côtés du grand patron auprès duquel il s'assit sans leur tendre la main. S'il avait cherché à les mettre mal à l'aise, il ne s'y serait pas pris autrement. Le grand patron, sans autre forme de présentation, annonça :

— Prenez place !

Cet accueil plutôt froid montrait que, de toute évidence, les deux hommes devant eux étaient branchés sur la même longueur d'ondes.

Le procureur ne cacha pas, même si ce fut brièvement dit, sa satisfaction de voir cette affaire bouclée avec succès. Puis, il enchaîna aussitôt sur leur comportement inconsidéré qui avait valu la mobilisation d'énormes moyens pour une opération dont ils n'avaient pas pris la peine de vérifier le bien-fondé ! Il regrettait cette légèreté venant d'officiers de police judiciaire pourtant aguerris dans leur fonction…

Cette situation serait prise en compte dans leur appréciation annuelle, ce qui voulait tout dire… quant à leur espoir de promotion.

Le savon passé Saliou, Phil et François rejoignirent leur bureau, contrariés par cette issue. Ils décidèrent de se rendre au Montparnasse : l'ambiance du bar et la bonhomie du patron leur changeraient les idées.

Dehors, un vent léger agitait les branches des grands arbres solidement implantés sur le trottoir devant l'hôtel de police.

En chemin, chacun méditait, l'esprit chargé de ses propres préoccupations.

Si Saliou n'attendait plus de promotion puisque cette affectation était la dernière, il n'en était pas de même pour Phil et François. François, lui, ne souhaitait plus de mobilité géographique et se contenterait bien de rester sur Quimper. Au pire, de se retrouver à Concarneau ou à Morlaix, si l'occasion se présentait, car les postes de commandant devenaient de plus en plus rares depuis la réduction du nombre de commissaires au profit de commandants fonctionnels… Quant à Phil, Saliou et François lui promirent de faire pression auprès de la hiérarchie pour tenter de ne pas compromettre son avancement. Mais, pour l'instant, il était trop tôt pour y penser et agir.

Alors que le succès était au rendez-vous, la mélancolie ne les quitta guère et même l'ambiance du bar ne leur permit pas de la surmonter.

Ils reparlèrent bien de leur précédente affaire de Lorient et de toutes les satisfactions qu'ils en avaient retirés.

Ils évoquèrent aussi les espoirs concernant Marco… Mais rien n'y faisait. Le cœur n'y était pas.

De retour à leur poste, Phil et François ramassèrent leurs dernières affaires, saluèrent les collègues avec lesquels ils avaient apprécié de travailler puis, dans la soirée, prirent leur voiture afin de se diriger vers Quimper.

En descendant vers le port, François demanda à Phil de longer la côte par l'ancienne route jusqu'à la plage du Moulin-Blanc avant de rejoindre la voie express.

Le soleil descendait sur l'océan et les rayons dorés du soir déversaient du ciel, au milieu des nuages lavande éclairés à contre-jour, une lumière oblique qui baignait la rade et illuminait sa surface platine, donnant à toute chose une touche mélancolique. La mer prit alors une coloration rosée dans cette lumière du couchant.

Ils s'arrêtèrent et marchèrent sur cette plage magnifique, tout en pensant à leur famille, éprouvant une sorte d'angoisse à l'idée de toujours courir après une quelconque quête pour leur métier. Ils étaient momentanément en proie à un indescriptible mélange de sentiments. L'air était encore délicieusement doux pour la saison. À cette heure, tout, autour d'eux, respirait la paix.

Cependant, en empruntant quelques minutes plus tard la voie express, puis, en retrouvant ensuite le panneau indiquant Quimper, ils savaient déjà que, rapidement, ils retrouveraient leur goût du travail et leur dynamisme légendaire aux côtés de leurs collègues et de leur patron Yann Le Godarec…

BIBLIOGRAPHIE

- *Histoire de Brest*, ouvrage publié sous la direction de Marie Thérèse Cloître. Centre de Recherches Bretonnes et Celtiques - Université de Bretagne Occidentale. - Brest, 2000.

- *Brest d'Hier à Demain* de Jean-Louis Auffret - Préface de Pierre Maille - Éditions Cloître.

- *Guide pratique 2005* - Pays touristique et Office de Tourisme de Brest Métropole Océane.

125, Vieille Route de Rosporden - 29000 Quimper
E-mail : editions.alain.bargain@wanadoo.fr
Site Internet : perso.wanadoo.fr/editions.bargain

ÉDITEURS DE BRETAGNE

Dépôt légal n°4 - 4e trimestre 2005
ISBN 2-914532-68-7 — ISSN 1281-7813
N° Impression : 510176
Imprimé en France